A
Literary
Tea Party

世界の名作文学から
ティーパーティーの料理帳

アリソン・ウォルシュ

白石裕子訳

JN079669

原書房

いつも味見役を買って出てくれるミスターと、
片時もわたしのそばを離れなかったちっちゃなミスターへ。

A
Literary
Tea Party

illustration from: iStockphoto

Photographs by Alison Walsh

A LITERARY TEA PARTY:

Blends and Treats for Alice, Bilbo, Dorothy, Jo, and Book Lovers Everywhere

by

Alison Walsh

Japanese translation rights arranged with Skyhorse Publishing, Inc., New York, through Tuttle-Mori Agency, Inc., Tokyo

SCHOLASTIC CLASSICS   **White Fang**   Jack London

ROBERT FROST   *Selected Poems*   FALL RIVER

TWAIN   JOAN OF ARC   IGNATIUS

GRIMM'S COMPLETE FAIRY TALES    GuildAmerica BOOKS

C.S. LEWIS   MARTINDALE & ROOT   THE QUOTABLE LEWIS

目次

セイヴォリー
Savories……10

そのほかの飲み物
Tea Alternatives……130

● 分量について
原書ではアメリカ規格の1カップ＝240mlでレシピが作成されていましたが、日本版では日本の1カップ＝200mlに換算して記載しました。

はじめに

文学作品の名作にはどうしてこんなにたくさん料理や飲み物が登場するのだろう？　登場人物が家族や友人、ときには見ず知らずの人と食事をともにするシーンが多いのはなぜ？そう思ったことはありませんか？「それは作者が読者のお腹をグーグー鳴らしたいから」と真っ先に思ったとしても、あなたを（あるいは、そういう場面で唾が湧いてしまうことを）誰も責めたりしないのでご安心を。でも、真実は次のようなことだと思います。

文学がわたしたちの人生を反映したものならば、物語にリアリティを持たせるために、生活の一部である食事を取り入れない手はありません。

ちょっと考えてみてください。食べ物は大好きなヒーローやヒロイン、トラブルメーカーを知る手がかりを与えてくれます（トム・ソーヤが戸棚のジャムを盗み食いしているのをポリーおばさんに見つかる場面を覚えていますか？）。においや味まで感じられ、実際にその現場を目撃したかのように物語にぐっと引き込まれます。ローラ・インガルス・ワイルダーの『大草原の小さな家』やルイーザ・メイ・オルコットの『若草物語』には、料理人やパン屋が登場します。

『ライオンと魔女』で、白い魔女がエドマンドにホットチョコレートとターキッシュ・ディライトを勧める場面をどうして忘れることが

できるでしょう。ハリー・ポッターがホグワーツで初めてクラスメートとともに晩餐の席に着く場面。不思議の国のアリスがマッド・ハッターと三月ウサギのお茶会に出くわす場面。食べ物を介して、家族、友人、道連れとなる旅人、おいしい罠で餌食にしようとする悪役といった登場人物たちと主人公との関係性が描き出されています。

このように、料理と飲み物は物語の中でとても重要な役割を果たしています。食事のシーンは、読書好きのわたしが楽しみにしていることでもあります。不朽の名作、J・R・R・トールキンの『ホビット』やジェフリー・チョーサーの『カンタベリー物語』、新しいところではローラ・エスキヴェルの『赤い薔薇ソースの伝説』やスーザン・コリンズの『ハンガー・ゲーム』に登場する料理に何度も舌なめずりをし、それに続く、会話、口論、気まずい沈黙に目を丸くしたことでしょう。わたしの夜の読書タイムにも飲み物は欠かせません。かたわらにはいつも淹れたてのお茶があります。お茶がないと、何か大切なものを忘れているような感覚にとらわれます。

そして、これまでに読んだ物語に登場する料理を再現するのはどんなに楽しいだろうと思うようになりました。もちろん生易しいことでないのはわかっていましたが、料理やお菓子作りが好きだったので、まったく不可能

なことではありませんでした。とはいえ、もっぱらレシピを見ながら作るほうが断然楽で、オリジナルのレシピを考えるのは苦手でした。物語や詩、ブログの記事を書いているときは次から次へとアイデアが浮かんでくるのですが、キッチンでは思考停止になりがちです。

　そんなとき、アリソン・ウォルシュが現れたのです。アリソンも読書家で、本好きが高じて『不思議の国のアリソンのレシピ』という料理ブログを開設したほどです。わたしは2015年に彼女のブログに出会い、すっかり夢中になりました。そこからは、物語に登場するおなじみの料理を実際に食べられるものにした情熱が伝わってきました。バラエティーに富んだ料理の数々、わかりやすい説明、きれいな写真。そのようなわけで、週末になると、家でさまざまなレシピに挑戦したものです。アリソンとは本の好みが似ていて、お茶好きという共通点も後押しになりました。アリソンが趣味の料理と読書を生かして料理の本を出版するに至ったことをどれだけうれしく思っているか、とても言葉では言い表せません。

　『世界の名作文学からティーパーティー料理帳』は文学にまつわる料理本に新風を巻き起こすでしょう。名作に登場する料理に触発されたレシピを紹介しているだけではありません。ティータイムにぴったりな──それ以外に何があるでしょう？──料理を選りすぐり、レシピに工夫を凝らしました。スコーン、パン、つまんで食べられるセイヴォリー［甘くない、塩気のある前菜やデザートのおつまみ、アフタヌーンティーで食べるサンドイッチなどの軽食のこと］からクッキー、ひと口サイズのお菓子まで、わたしたちの人生に寄り添ってきた物語とその主人公たちに捧げるエレガントで心温まるオマージュになっています。食事を一段と香り豊かで、奥深く、心休まるものにしてくれるオリジナルのブレンドティーも紹介しています。お茶は好きではないという方は、ホットココアでも、パンチでも、ご自分の舌を喜ばせてくれる飲み物をご自由に選んでください。

　さあ、お茶を淹れて、ページをめくってみましょう。目についたレシピはありますか？　子どものときに読んで、今でも大好きな本に登場するレシピはありますか？　最初にそのレシピを試して懐かしい気分に浸ったら、どうしてその本が好きになったのか思い出してみましょう。好きになった理由は人それぞれです。アリソンに触発されてあなたもテーマを決めて、ティーパーティを開いてみようと思うかもしれません。部屋を飾りつけ、コスチュームに着替え、メニューはもちろん、不朽の名作に登場する料理です。

サラ・ルトゥーノー

読者のみなさまへ

4年前に料理本——どんな料理本であれ——を出版することになると言われても、信じられなかったでしょう。当時は料理への情熱が芽生えはじめたばかりで、料理経験といっても、自分の食事を作ったり、ときどき友人を招いてディナーパーティをしたりするくらいでした。『不思議の国のアリソンのレシピ』という料理ブログを始めたときは、生まれたばかりのヒナのように右も左もわからない状態でしたが、料理と趣味の読書を組み合わせたいという強い思いだけは持っていました。

スカイホース社からメールで出版のお話をいただいたときは、ブログを始めてから3年がたっていました。始めたときとはくらべものにならないほど料理の腕は上がっていましたが、それでも学ぶべきことはまだまだたくさんありました。材料を混ぜ合わせてスープを作ったり、おいしいステーキを焼くことはできたものの、どうしたらオリジナルのパンやケーキのレシピを考えつけるのかさっぱりわかりませんでした。それでも、1つだけはっきりしていたことがあります。それは、断る理由はないということです！

そこで、やるしかないと腹をくくりました。パン作りやお菓子作りの科学的な知識がなかったので、勉強しました。信頼できるレシピを比較し、分量の違いに注目しました。

ターキッシュ・ディライトを作っているYouTubeの動画をわたしよりもたくさん見た人はいないでしょう。新しい技術を習得するために、毎月1つ完全オリジナルのレシピをブログで紹介することを目標にしました。

わたしがどうしてもお伝えしたいのは、準備万端だと思ったから、このプロジェクトに乗り出したのではないということです。プロジェクトを進める過程で、準備が整っていったのです。そのあいだに、やればできると気づき、がぜんやる気になり、これまでこんなに勉強したことはないというくらい勉強しました。このチャンスを逃していたら、料理人として、ブロガーとして、レシピ考案者として、ライターとして、今以上に成長することはできなかったでしょう。時間管理もぜんぜんできていなかったと思います。

みなさんも、自分はまだまだだと思っていることがあるかもしれませんが、臆病にならないでください。不安のない人なんていません。でも、わたしたちがそれを乗り越えようと思ったら、手助けしてくれる道が開けるものです。

なので、飛躍するチャンスがあったら、逃さないでください。あなたは自分が思っている以上に人に与えられるものを持っています。そこで得た学びはかけがえのないものです。

『不思議の国のアリソンのレシピ』の
クリエイター　アリソン
Wonderlandrecipes.com

コツ、ヒント、代用品

どんな料理人にも、時間が足りない、材料を用意できていないという
ピンチがあるものです。ここでは、いざというときのための
わたしのとっておきの方法をお教えします。

湯せん用二重鍋がない

湯せん用二重鍋がない場合は、ソースパンに
湯を沸かし、その上に手持ちのセラミックボ
ウルをのせてください。ただし、湯の量は少
なめに。ボウルの底が湯に触れるほど入れる
必要はありません。

バターミルクがない

牛乳1カップ〔アメリカの1カップ＝240ml
＝日本の1 $\frac{1}{5}$ カップ〕にレモン汁大さじ1を
混ぜ、5分置いてください。

卵を常温に戻すのを忘れた

レシピには卵を常温に戻しておくとあるのに、
冷蔵庫から出しておくのを忘れてしまったと
きには、卵をぬるま湯に10分浸けてから使
いましょう。

バターが軟らかくならない

バターを軟らかくしている時間がなかったり、
冬のキッチンでは冷蔵庫から出しておいても
なかなか軟らかくならなかったりします。バ
ターをすぐに軟らかくするには、クッキング
シートを2枚用意し、2枚のあいだにバター
を挟み、めん棒で約5mmに伸ばしてくださ
い。クッキングシートを素早くはがせば、常
温に戻したバターと同じように使えます。

ジェル状の食用色素がない

本書のレシピにはジェル状の食用色素と、一
般的な液状の食用色素を使うものがあります。
ジェルは液体よりも濃縮されているので、加
わる水分量が少なくなり、より鮮やかに発色
します。レシピにジェル状の食用色素を使う
ように指定されているのに、手元にないとき
は、ジェル状1滴に対して、液体2～3滴で代
用できます。

エディブルフラワー（食用の花）がない

本書にはエディブルフラワーを使うレシピが
あります。パンジー、イチゴ、リンゴ、柑橘
類の花を指定していますが、ない場合には、
インターネットで安全な代用品を入手できま
す。無農薬のきれいな花を使うようにしてく
ださい。花は食べることができても、ほかの
部分は食用に適さない場合がありますので、
注意しましょう。

後片付けが面倒くさい

クッキーのレシピでは、キッチンのカウンターなどの表面に打ち粉をしてから生地を成形するように指示しています。後片付けが面倒という方は、まな板を使えばすぐに洗い流すことができますし、食洗機に入れることもできます。

ハチミツがうまく量れない

ハチミツやシロップなどの粘着性のある液体を正確に量るのはひと苦労です。どうしてもスプーンにねばねばした液体が残ってしまいます。これを防ぐには、計量スプーンに調理用オイルをスプレーしてから、量ることをお勧めします。ただし、同じ方法でそのあとにバターなどの油脂や卵を加えるか、すでにバターや卵を加えたあとにかぎられます。ハチミツを使うマフィンを作る場合は、計量スプーンにオイルをスプレーしてから、ハチミツ、バター、卵を加えるか、バターと卵を加えたあとに、オイルをスプレーした計量スプーンでハチミツを加えてください。メレンゲのように油分の量に正確を期す必要のあるレシピには、油分が多くなりすぎてしまう恐れがあるので、この方法はお勧めできません。

無塩バターがない

材料に無塩バターとあるレシピと有塩バターとあるレシピがあります。分けているのは、計量の正確さを期し、できあがりにばらつきがないようにするためです。でも、レシピどおりのバターがなくても、あわてないで。120gの有塩バターには、ちょうど小さじ1/4の塩分が含まれているので、この割合で量を調節してください。いつもこのやり方をするのはお勧めできませんが、仕上がりに大差はないはずです。パイ生地のような塩分を必要としないレシピには、必ず無塩バターをお使いください。

テーマ別ティーパーティ

パーティの計画を立てるなんて大変そうでとても無理と思われるかもしれませんが、

テーマを決めれば選択肢が狭められ、やるべきことがはっきりします。

この章では、ティーパーティのテーマと、テーマにふさわしいレシピ、ブレンドティーを紹介します。

アスランの宴のように特定の本をテーマにしたものと、

子どもたちのためのティーパーティのような一般的なテーマのものは、

さまざまな本からインスピレーションを得てレシピを考案しました。

多くのティーパーティーのテーマがさまざまな場面で使えるので、

誕生日、ベビーシャワー、ブッククラブの会合などで試してみてください。

Savories
セイヴォリー

物語に登場するおいしそうな料理は、わたしたち読者に登場人物の性格を知る手がかりを与えてくれます。アガサ・クリスティーのミステリーに登場する名探偵エルキュール・ポアロは几帳面で完璧主義、毎朝同じメニューの朝食をとります。まったく同じ大きさのゆで卵2個に、きっちり正方形にカットされたトースト1枚。『小公女』の主人公、想像力豊かなセーラ・クルーは豪華なごちそうを思い浮かべて飢えをしのぎます。

　登場人物の食事に注目して読んでいくと、人間のもっとも基本的な営み、食を通じて彼らと絆を深めることができます。そして、自宅のキッチンで実際に作ってみることで、彼らとさらに心を通わせることができるのです。現実とフィクションを隔てる壁が取り払われ、それまで空想にすぎなかった世界がリアルに感じられます。

　本で読んだ料理を作り、湯気の立った熱々の料理をオーブンから取り出すと、わが家に登場人物たちがやってきたような気分になります。

相性のいいお茶
Tea pairing

タムナスさんとの
お茶(P.126)

命のリンゴ

C・S・ルイス著『魔術師のおい』より

リンゴの輪切り8枚分

- -

ベーコンスライス……4枚
リンゴ（グラニースミス）……1個
クリームブリュレ……$^3/_5$カップ（約70g）
ピーカンナッツ（チップス状）……小さじ3（お好みでローストしてもいい）

ディゴリーはすぐにその木だとわかった。ちょうど真ん中に立っていたし、たわわに実った銀色に輝く大きなリンゴの実が、日差しの届かない日陰にも銀色の光を投げかけていたからだ。

　リンゴの薄切りに、ベーコン、ピーカンナッツ、クリームブリュレをのせただけの簡単に作れるスナック。甘酸っぱいリンゴに、塩気のあるベーコン、まろやかな味わいのピーカンナッツ、舌ざわりのなめらかなクリームブリュレが組み合わさり、ユニークな味を醸し出しています。

作り方

1. ベーコンをカリカリに焼き、ペーパータオルで余分な油を吸い取ってから、細かく刻む。
2. リンゴの芯をくり抜き、厚さ約5mmの輪切りにする。
3. 輪切りにしたリンゴに大さじ1のクリームブリュレを塗り、ピーカンナッツと細かく刻んだベーコンを散らす。

豪華絢爛たるナルニア国の饗宴にふさわしい一品！

相性のいいお茶
Tea pairing

アリエッティの
桜の木のお茶(P.121)

アナグマの巣のサラダ

メアリー・ノートン著『床下の小人たち』より

ひと口サイズのサラダ15個分

タンポポの葉……15枚
小粒のイチゴ……8個
ブルーベリー……30粒(約³/₅カップ)
エディブルフラワー＊1
ひまわりの種……大さじ3
イチゴのバルサミコ酢＊2

>>> 特別な道具
爪楊枝15本

＊1 写真ではイチゴの花を使っているが、無農
薬のものを選び、きれいに洗ってから使用する。
＊2 イチゴのバルサミコ酢を手作りする場合は、
大粒のイチゴなら3個、中粒なら5個を粗く刻み、
瓶に入れ、ホワイトバルサミコをイチゴが完
全に浸るまで入れる。蓋をして、室温でひと晩
置く。そのあと、中身をこして、残ったイチゴは
捨てる。できあがったイチゴのバルサミコ酢は
密封できる瓶に入れ、冷蔵庫で保存。

野バラやサンザシの実、ブラックベリー、リンボクの実、野イチゴもあったのよ……。サンザシの柔らかい新芽で作ったサラダなんてどうかしら？……カタバミやタンポポも加えて……。ホミリーは料理上手だったから。

ベリーの甘さ、ひまわりの種の塩味、かすかに土の香りのするタンポポの葉、イチゴのバルサミコ酢の酸味が一体となり、味のバランスの取れたフレッシュでフルーティーなサラダ。

作り方

1. タンポポの葉とブルーベリーをよく洗って乾かす。葉にとげとげした毛が生えていないか確認する。葉の表面がなめらかなものを選ぶ。

2. タンポポの葉を約10cmの長さに切り、イチゴの実を楔形に切る。

3. タンポポの葉の片端に爪楊枝を刺し、爪楊枝の下のほうまで葉を滑らせる。次に、楔形に切ったイチゴ、ブルーベリー、イチゴ、ブルーベリーの順で爪楊枝に刺していき、最後にタンポポの葉の反対端を刺す。丈夫なエディブルフラワーの場合は爪楊枝に刺してもかまわないが、繊細な場合はベリーの横に飾る。仕上げにひまわりの種を散らす。

4. 3の作業を個数分繰り返す。

5. イチゴで作ったバルサミコ酢を振りかける。

アナグマの巣に小人たちを訪ねるときの手土産に！

ビッグアップル・ハンドパイ

ロアルド・ダール著『おばけ桃が行く』より

12個分

リンゴ小……¹/₄個
タイム＊……小さじ1
ゴーダチーズ……30〜55g
市販のパイシート……2枚
卵(軽く溶いておく)……1個
コーシャーソルト[ユダヤ教徒が使う粗塩]
……小さじ¹/₂

>>> 特別な道具
リンゴのクッキー型(約8cm)

＊塩気よりも甘さを強調したいときは、タイム小さじ1の代わりにシナモン小さじ¹/₂を加える。

そして突然——桃に乗ってやってきた誰もがヒーローになったのです！　市庁舎の階段に案内され、そこでニューヨーク市の市長が歓迎のスピーチをしました。

とろけるゴーダチーズとタイムで味つけしたリンゴがたっぷり詰まったハンドパイ。ジェイムズの最終目的地——ビッグアップル[ニューヨーク市]——にちなんで名づけました。バターの入ったサクサクのパイ生地に塩をひと振り。小さいけれど、風味は抜群です。

作り方

1. オーブンを180℃に予熱。天板にクッキングシートを敷く。

2. リンゴ¹/₄個分を6枚にスライスし、さらに横半分に切る。

3. 2を小さめのボウルに入れ、タイムを混ぜ合わせる。ゴーダチーズを約3cm角に切ったものを12個用意。

4. まな板に軽く打ち粉をし、1枚目のパイシートを広げる(2枚目は使うまで冷蔵庫に入れておく)。リンゴのクッキー型で12枚分抜き、天板の上に等間隔に並べる。

6. 型抜きした生地の真ん中に2をのせ、その上に4をのせる。シートの端に刷毛で卵液を塗る。

7. 2枚目のパイシートを冷蔵庫から出して広げ、12枚分型抜きする。6の上にのせ、フォークで端を押さえて密着させる。

8. ハンドパイの表面に卵液を塗り、フォークを2、3回刺して穴を開け、塩を振る。

9. 表面がこんがりときつね色になるまで17分ほど焼く。

ニューヨークへの長旅のあとに焼きたてのパイを！

相性のいいお茶
Tea pairing

わたしを飲んで
ティー（P.123）

バタつきパンチョウ（驚異のチョウ〈超ショック〉）

ルイス・キャロル著『鏡の国のアリス』より

ひと口サイズのサンドイッチ10個分

バター（軟らかくしておく）……³/₁₀カップ（60g）
生のチャイブ（みじん切りにしておく）……
大さじ1
食パン＊1……10枚
ミニキュウリ（20枚ほどの薄い輪切りにしておく）
……1〜2本分
約8cmの長さの生のチャイブ……10本
生のディルの小枝＊2……10本

>>> 特別な道具
ハートのクッキー型（約6cm）

＊1このレシピには、オートミールブレッドのような幅広のパンが適している。1枚分のスライスから2つのハートを型抜きするのが簡単だから。
＊2サンドイッチの両側にディルの房を2つずつのせる。

羽はバタつきパンを薄くスライスしたもので、体はパンの耳、頭は角砂糖でできている。

　キュウリのサンドイッチをおいしくする秘訣は、上質な材料で丁寧に作ること。キュウリを薄くスライスし、ケリーゴールドのような高級バターを贅沢に使いましょう！

作り方

1. 小さめのボウルにバターとチャイブのみじん切りを入れ、混ぜ合わせる。

2. 食パンをハートのクッキー型で抜く（パン1枚から2つのハートが作れる）。ハート形のパンに1を薄く塗る。

3. 輪切りにしたキュウリ10枚を半月形に切る。ハート形のパン10枚にそれぞれ輪切りのキュウリを1枚ずつのせ、ハートのカーブした部分2箇所に半月形のキュウリを1枚ずつのせる。右の写真を参照。

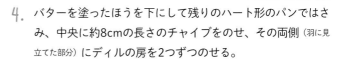

4. バターを塗ったほうを下にして残りのハート形のパンではさみ、中央に約8cmの長さのチャイブをのせ、その両側（羽に見立てた部分）にディルの房を2つずつのせる。

マッド・ティーパーティにどうぞ！

ひび割れた陶器のデビルド・エッグ

ライマン・フランク・ボーム著『オズの魔法使い』より

24個分

卵……12個
ジェル状食用色素(さまざまな色を用意)
マヨネーズ……1 $\frac{1}{5}$ カップ
マスタード……大さじ1 $\frac{1}{2}$
乾燥パセリ……小さじ1
チャイブ……小さじ1
塩……小さじ $\frac{1}{2}$

でも、ここから連れ出されると、たちまち関節が固まって、きれいな置物らしく、まっすぐに立っていることしかできなくなってしまうの……自分たちの国にいるほうがずっと幸せなのよ──陶器の国のお姫さま

『オズの魔法使い』に登場する陶器の国の小さな人々に敬意を表して、このレシピを考案しました。繊細で壊れやすいのに、強い心を持っているところが好きです。乳しぼりの娘は他人のくだらない話にはいっさい耳を貸さないし、道化師は体にひびが入るのもかまわず逆立ちをします!

作り方

1. 大きめの鍋に卵を入れ、卵がかぶるくらい(底から約5cm)の冷水を入れ、火にかける。沸騰したら火から下ろし、蓋をして7分待つ。湯を捨て、粗熱を取る。

2. 大きめのマグカップを6個用意し、冷水をカップの $\frac{2}{3}$ まで注ぐ。マグカップをクッキングシートの上に置く(色つきの水がこぼれてまわりを汚さないように)。それぞれのカップにジェル状の食用色素を3〜4滴たらし、よく溶かす。

3. 卵の粗熱が取れたら、カウンターで軽く叩いてひびを入れ、卵を回転させながら全体に細かいひびが入るようにする。殻がはずれてしまわない程度に。

4. 殻にひびが入った卵を食用色素を溶かしたそれぞれのマグカップに2個ずつ入れ、冷蔵庫に7〜12時間置く。

5. マグカップから殻つきの卵を取り出し、ペーパータオルで水気を拭き取る。殻をそっとむくと、表面に陶磁器のひびを思わせる模様が入った卵が現れる。

6. 卵を縦半分に切り、黄身をボウルに取り出す。白身は盛り皿にのせる。

7. 黄身にマヨネーズ、マスタード、乾燥パセリ、チャイブ、塩を混ぜる。粗い舌ざわりがお好みなら、スプーンで混ぜ、なめらかな舌ざわりがお好みならハンドミキサーを使う。スプーンで混ぜる際には、絞り出せるように黄身のかたまりをなくす。

8. 7をスプーンですくって、大きめな口径の丸口金をつけた絞り出し袋に入れる。半分に切った卵1つにつき小さじ1¹/₂を絞り出す。

オズの王国に住む動いたり話したりできる陶器の人たちに！

NOTE イースターには、殻に着色する伝統的な卵の代わりに、この卵を使うこともできる。黒く染めれば、ハロウィンの飾りにもなる。

カブとジャガイモとビーツの
果てしなく深いパイ

ブライアン・ジェイクス著〈レッドウォール伝説〉シリーズ
『The Rogue Crew（海の勇者たち）』より

直径約23cmのパイ1個分

>>> 詰め物

スイートオニオン（みじん切りにしておく）……
1 ¹/₅カップ
バターナッツカボチャ（皮をむき、角切りにして
おく）……³/₅カップ
カブ（皮をむき、角切りにしておく）……1 ¹/₅カッ
プ
パースニップ（皮をむき、角切りにしておく）
……1 ¹/₅カップ
ビーツ（皮をむき、角切りにしておく）……1¹/₅カップ
ニンジン（皮をむき、角切りにしておく）……
1 ¹/₅カップ
セロリ（刻んでおく）……1 ¹/₅カップ
マッシュルーム（スライスしておく）……1¹/₅
カップ
オリーブオイル……大さじ3
塩……小さじ¹/₂
コショウ……小さじ¹/₄

>>> つなぎ

レッドポテト……4個
ニンニク（みじん切りにしておく）……2片
塩……小さじ¹/₂
乾燥パセリ……大さじ1
ローズマリー……小さじ1
卵（常温にしておく）……1個

>>> パイ生地

小麦粉……1¹/₂カップ
塩……小さじ¹/₂
タイム……大さじ¹/₂
ローズマリー……大さじ¹/₂
無塩バター（角切りにして、冷蔵庫で冷やしておく）
……大さじ6（90g）
冷水……60ml

モスフラワーじゅう探したって、ウォップル修道士より腕のいい
料理人はいない。彼女はパイだって、スープだって、パスティー
[肉や魚のパイ包み]だって作れる……モグラのためのカブとジャガ
イモとビーツの果てしなく深いパイ。あんなにおいしいものは食べ
たことがない……──ウゴー

　究極の根菜料理。ハーブで香りと味をつけたバターたっぷりの
生地の中に、栄養満点の角切り根菜をぎっしり詰めた感謝祭の
詰め物（スタッフィング）を思わせるパイ。〈レッドウォール伝説〉シリーズに登場
するベジタリアンの動物たちが食べる料理なので、お肉は使われ
ていませんが、お好みで角切りの鶏肉を入れてもいいでしょう。

作り方

1. オーブンを200℃に予熱。詰め物のすべての材料を大きめの
   ボウルに入れ、全体にオリーブオイルがまわるまで混ぜ合わ
   せる。天板にアルミホイルを敷き、野菜を均一に広げる。途
   中でかき混ぜながら、45分焼く。焼きはじめて15分たった
   ら、つなぎに用いるレッドポテトにフォークで4〜5箇所穴
   を開けて天板にのせ、野菜といっしょに焼く。

2. 野菜が焼き上がるまでのあいだにパイ生地を作る。中くらい
   のボウルにバターと水をのぞくすべての材料を入れる。
   フォークでバターを細かく切りながら、粉に混ぜ込む。水を
   大さじ1ずつ何回かに分けて入れ、生地を指で押してべたつ
   きがなくなるまでフォークで混ぜる。生地を1つにまとめて
   から、直径10cmほどの円盤状に伸ばす。ラップで包み、15
   〜20分冷凍庫に入れ、生地を落ち着かせる。

3. 打ち粉をした台に生地を出し、直径30cmほどになるまで伸

ばす（生地が硬くて伸ばしにくかったら、手のひらで押して扱いやすい軟らかさにする）。パイ皿に生地をのせ、はみ出した部分を切り取り、お好みで飾りに使う。

4. オーブンから野菜を取り出す。大きめのボウルでレッドポテトをつぶし、ほかのつなぎの材料をすべて入れて混ぜる。オーブンで焼いた野菜を1 1/5カップずつ数回に分けて入れ、混ぜ、パイ生地の中に注ぐ。

5. 200℃に予熱しておいたオーブンに入れる。15分たったら、180℃に下げ、パイ生地に軽く焼き色がつくまでさらに25〜30分焼く。

できたてのパイを切り分けて、レッドウォールの素敵な動物たちに食べてもらおう！

おいしいアヴァロンのリンゴのタルト

ジェフリー・オヴ・モンマス著『マーリンの生涯』より

直径約46cmのタルト1つ分

>>> パイ生地
小麦粉……1 $\frac{1}{2}$ カップ
塩……小さじ $\frac{1}{2}$
タイム……大さじ $\frac{1}{2}$
ローズマリー……大さじ $\frac{1}{2}$
無塩バター(角切りにして、冷蔵庫で冷やしておく)
……大さじ6(90g)
冷水……60ml

>>> 詰め物
小粒タマネギ……12個
ウエールズ産かアイルランド産のチェダー
チーズ……約85g
リンゴ(ガラ)……$\frac{1}{2}$ 個
ドングリカボチャ……約225g
オリーブオイル……大さじ1 $\frac{1}{2}$
塩・コショウ……それぞれ小さじ $\frac{1}{4}$

リンゴの島……あらゆるものがひとりでに育つことからそう名づけられた。何もしなくても穀物がとれ、ブドウの実がなる。リンゴの木は草が短く刈り込まれた森に生えている……

　アヴァロン島の名前の由来となった果物に捧げる一品。リンゴ(ガラ)とドングリカボチャ、小粒タマネギ、ウエールズ産のチェダーチーズがたっぷり詰まったパイ。素朴でどこか懐かしい味のタルトは、中世のアーサー王の祝宴を彷彿とさせます。

作り方

1. パイ生地を作る。中くらいのボウルに小麦粉、塩、ハーブを入れて混ぜ合わせる。フォークまたはペストリーブレンダー[パン・パイ・菓子類の生地を混ぜ合わせる道具]でバターを細かく切りながら粉に混ぜ込む。生地がそぼろ状になり、バターが豆粒程度の大きさになったらOK。水を大さじ1ずつ数回に分けて加え、指で押してべたつきがなくなるまでフォークでかき混ぜる。

2. 生地を1つにまとめ、直径10cmほどの円盤状に伸ばす。ラップで包み、冷凍庫で15〜20分休ませ、生地を落ち着かせる。

3. そのあいだに詰め物を作る。タマネギを半分に切り、皮をむく。チーズを2.5cmほどの角切りにする。リンゴを2cmほどの厚さのくし型に切る(8個になるようにする)。カボチャを半分に切り、種とわたを取りのぞき、リンゴと同じ厚さのくし形に切る(同じく8個になるようにする)。すべてを中くらいのボウルに入れ、オリーブオイル、塩、コショウを入れてあえる。

4. オーブンを200℃に予熱。打ち粉をした台に生地を広げ、直径30cmほどの円盤状に伸ばす（生地が硬くて伸ばしにくいときには、手のひらで押して扱いやすい軟らかさにする）。生地の端を5cmほど空け、くし形に切ったカボチャ、リンゴ、タマネギを交互に外側から内側に向かって円を描くように並べる。野菜のあいだにチーズの角切りをはさむ。

5. 詰め物の外側に残した生地の端をたたんで、折り目をつける。素朴な雰囲気を出すために折り目は不揃いでもいい。

6. 詰め物が軟らかくなり、パイ生地がこんがりきつね色になるまで45～55分焼く。

アーサー王の祝宴にどうぞ！

相性のいいお茶
Tea pairing

マスカレード・
ティー（P.125）

セイヴォリー

馬に乗った悪魔：デーツのベーコン巻き

デビルズ・オン・ホースバック

ガストン・ルルー著『オペラ座の怪人』より

18個分

ベーコンスライス（厚切りではなく、通常の厚さのもの）……12枚
マジョール・デーツ＊……1パック（約18個入り/約340g）

＊種ありのデーツを使用するのは、種を取りのぞいても、種抜きのデーツより大きいから。

わたしは彼がマザンダランの宮殿をどう変えたか知っている。いたって普通の建物をあっという間に悪魔の館に変えてしまった。ひとこと言葉を発すれば、それが反響して盗み聞きできるようにした。怪物の作った仕掛けによって、ありとあらゆるおぞましい悲劇が引き起こされた——ペルシア人

「デビルズ・オン・ホースバック」はデーツのベーコン巻きとも言われる、人気のあるオードブルです。見た目はとてもエレガントなのに、作り方はいたって簡単。甘じょっぱい味はみんなの心をとらえるでしょう——もちろん、怪人の心も！

作り方

1. オーブンを180℃に予熱。天板にアルミホイルを敷く。デーツの脇に切り込みを入れ、ナイフの先端で種を取り出す（形がくずれてもOK）。

2. ベーコンスライスを横に3等分に切る。デーツに切ったベーコンを巻きつけ、つなぎ目を上にする。その上からさらにベーコンを巻きつけ、今度はつなぎ目を下にする。

3. 2を天板に並べ、ベーコンがカリカリになるまで焼く。オーブンから出し、粗熱を取る。

温かいうちに、パリ、オペラ座の地下に住むミステリアスな住人に！

相性のいいお茶
Tea pairing

ジョーのジンジャー
ブレッド・ティー(P.124)

ハンナのマフ：サツマイモとベーコンのペストリー

ルイーザ・メイ・オルコット著『若草物語』より

9個分

ベーコンスライス……3枚
サツマイモ……1本
ブリーチーズ……約85g
冷凍パイシート（解凍しておく）……2枚
卵（小さじ1の水を加えて、溶いておく）……1個
コーシャーソルト（振りかける分）……
小さじ1/4

このターンオーバー［パイ生地に詰め物をのせ、折りたたんで閉じて焼いたパイ］は一家にとってなじみ深い料理で、四姉妹は「マフ」と呼んでいた。誰も本物のマフを持っておらず、寒い朝には焼き立てのパイがマフの代わりに手を温めてくれた。

『若草物語』に登場するハンナの有名な「マフ」は、ターンオーバーと呼ばれるおいしいパイの一種です。物語では中身が何かは明かされていませんが、サツマイモを使った料理はマーチ家の食卓にはよく登場します。心優しいハンナのことですから、四姉妹へのごほうびにこっそりベーコンを忍ばせたに違いありません！

作り方

1. オーブンを200℃に予熱。天板にクッキングシートを敷く。ベーコンを焼き、ペーパータオルで余分な油を吸い取る。

2. サツマイモの皮をむき、5mmほどの厚さの輪切りにする（幅が5cmを超えないように、必要ならば面取りをする）。ベーコンを4cmほどの長さに切る。チーズの皮を切り取る。

3. パイシートから直径8cmくらいの円を抜く（シート1枚につき9つの円を抜く）。半分を天板に敷き、円1つにつきサツマイモの輪切りを1枚ずつのせる。サツマイモが見えなくなるまでブリーチーズをたっぷりのせ、その上にベーコンをのせる。円の端に刷毛で卵液を塗る。

4. 残りの円を手のひらでそっと押さえてひとまわり大きくし、詰め物の上にのせる。端を指で押して閉じる。表面に刷毛で卵液を塗り、フォークで3箇所穴を開け、塩を振る。

5. こんがりきつね色になるまで15分焼く。

このペストリーが冬の道を行く四姉妹の体を温めてくれますように！

相性のいいお茶
Tea pairing

>>>>>>>>>>>>>>

百エーカーの
森のお茶（P.123）

セイヴォリー

ピグレットのためのドングリ

A・A・ミルン著『プー横町にたった家』より

15個分

アジアーゴ・チーズ[イタリア産のチーズ]
……約85g
スイス・チーズ(塗るタイプのもの)……4個
(1個が約20g)
スライスアーモンド……3/10カップ

ドングリをまいているんだよ、プー。そうすれば大きなカシの木になって、ドングリの実がどっさりなる。何マイルも何マイルも歩いていかなくてすむ。そうだろう、プー？――ピグレット

　ピグレット(コブタ)はわたしの大好きなキャラクターです。小さくたって広い心を持つことができると教えてくれるからです。ピグレットの大好物を作って敬意を表しましょう。ドングリは食べておいしいものではありませんが、このチーズで作るドングリは、これから百エーカーの森をめぐる食の旅に出るのにぴったりのひと品です。

作り方

1. アジアーゴ・チーズを細かくおろす。中くらいのボウルにおろしたアジアーゴ・チーズとスイス・チーズを入れ、よく混ぜる。ラップをして、冷蔵庫で30分冷やす。

2. オーブンを160℃に予熱。油を塗っていない天板にアーモンドスライスを広げ、うっすら焼き色がつくまで3〜5分焼く。粗熱が取れてから、アーモンドを中央に寄せ、めん棒で細かく砕く。

3. 天板にクッキングシートを敷く。1を口金をはめた絞り出し袋に入れ、円を描くようにして円錐形になるように中身を絞り出す(1つにつき大さじ1/2程度の量)。指で下向きになぞり、先をつまんでドングリの形にする。

4. ふんわりとラップをして、冷蔵庫で30分冷やす。

5. 取り出した生地の底に砕いたアーモンドをまんべんなくつける。そうすることで、盛り皿にのせて出したときにくっつかずにすむ。

お気に入りの小さな動物たちと過ごすひとときに！

Step 3

ミス・マープルの"ポケットにライ麦を"
ティー・サンドイッチ

アガサ・クリスティー著『ポケットにライ麦を』より

1口サイズのサンドイッチ9個分

ミニキュウリ……1本
ノンパイレル・ケッパー[サイズが7mm以下のもっとも望ましいとされるもの]……小さじ$3/4$
赤タマネギ(みじん切りにしておく)……大さじ1
クリームチーズ(軟らかくしておく)……約113g
ライ麦パン……15枚
ハーブバター*……大さじ4
エッグサラダ(レシピはP.43参照)……$3/5$カップ
スモークサーモンスライス……2〜3枚

*ハーブバターの作り方 フレッシュ(生)でもドライ(乾燥)でもお好きなハーブ小さじ1を軟らかくしたバターに加え、混ぜる。

彼女はクランプを責めたのかもしれないわ。かっとなったクランプはサンドイッチに何かを入れ、それをグラディスに見られてしまった……——パーシヴァル夫人

ティータイムのライ麦パンのサンドイッチには、伝統的な具材を選びました。キュウリとハーブバター、手作りのエッグサラダ、スモークサーモンにケッパー、タマネギ、クリームチーズ。正統派のスタイルでミス・マープルの口に合うのはもちろん、1日のハードな探偵仕事でぺこぺこになったお腹を満たしてくれます。

作り方

1. キュウリを薄い輪切りにする。クリームチーズにケッパーと赤タマネギを加え、よく混ぜ合わせる。

2. パンの耳を切り落とす。6枚を正方形、6枚を円形、残りの3枚を長方形に切る。長方形に切ったものをさらに斜め半分に切って6枚の三角形にする。3種類のサンドイッチを作るための三角形と円形と正方形ができる。

相性のいいお茶
Tea pairing

ポアロのチョコレート・
マテ茶(P.126)

3. 三角形のパンにハーブバターを、正方形のパンにケッパーと
あえたクリームチーズを塗る。三角形の3枚にキュウリのス
ライスをのせ、正方形の3枚にサーモンをはみ出さないよう
にのせる。円形の3枚にはエッグサラダをスプーンですくっ
てのせる。

NOTE 中身によってパン
の形を変えると、招かれ
たお客さまもひと目で違
いがわかる。

4. 残ったパンを上にのせる。

スリリングな殺人事件の捜査のあとのアフタヌーンティーに！

ビーバー夫婦のハムサンド

C・S・ルイス著『ライオンと魔女と洋服だんす』より

スイス・ロールサンドイッチ6個分

パン*……6枚
クリームチーズ……約55g
ペストソース[バジル、ニンニク、松の実、パルメ
ザンチーズ、オリーブオイルなどをペースト状にした
もの]……大さじ6
プロシュート[イタリア産のハム]スライス
……6枚

*水分を多めに含むオートミールブレッドやポテ
トブレッドは、巻くときに破れにくいのでお勧め。

そこでみんなは急な斜面を下り、ほら穴に戻った。ビーバーさんがパンとハムを切ってサンドイッチをこしらえ、ビーバー夫人がお茶を淹れた。みんなで楽しく朝ごはんを食べた。でも、食べ終わるとすぐにビーバーさんが言った。「さあ、出発の時間だ」

エレガントな見た目に反し、このスイスロール・サンドイッチは意外に簡単に作れます。1つ作るのに3分もかかりません。食べてよし、作ってよしのユニークな風味のサンドイッチ。

作り方

1. めん棒でパンを伸ばす。よく切れるナイフでパンの耳を切り落とす。

2. それぞれのパンの片面にクリームチーズを端から端までまんべんなく薄く塗る。

3. その上にペストソースを重ね塗りし、端から1cmほど手前で止める（クリームチーズだけの部分が糊の役目を果たす）。次にプロシュートをのせる。ペストソースを塗った部分からはみ出さないように必要ならば切る。パンの端にクリームチーズを塗った部分が幅1cmほど残っているのを確認する。

4. クリームチーズの側からパンをくるくる巻いていく。パンが破れない程度の強さで。

5. ロールの両端を切り落とし、中身がよく見えるようにする。

6. ロールサンドイッチをラップできっちり包み、密閉容器に入れ、出すまで冷蔵庫に入れておく。

NOTE ペストソースから水分が出てパンが軟らかくなってしまうので、数時間以内に食べきること。

ビーバー夫婦とのランチに！

ヒョウのパスティー

ルイス・キャロル著『不思議の国のアリス』より

27個分

シチュー用の牛肉……2 2/5カップ
ニンジン……2本
セロリの茎……2本
スイートオニオン……1/2個
ジャガイモ（焼いて調理するのに適したもの）
……1個
牛肉の肉汁で作ったグレービーソース
……大さじ5
生のパセリ（みじん切りにしておく）……大さじ
1
乾燥ローズマリー……小さじ1/4
塩……小さじ1/2
コショウ……小さじ1/4
冷凍パイシート（解凍しておく）……24×24
cmサイズ以上を3枚くらい
卵（軽く溶いておく）……1個

ヒョウはパイ皮とグレービーソースと肉を取った。だけど、フクロウがもらったのはお皿だけ。

おいしい牛肉とジャガイモのパスティーは、ティータイムにぴったりのサイズ。ポットローストの残り物を使って作るのもお勧めです。具材を角切りにして、四角いパイ生地の上にのせて焼くだけでできあがり！

作り方

1. オーブンを230℃に予熱。
2. シチュー用牛肉の表面に焼き色をつけ、5分休ませたあと、2.5cmほどの角切りにする。
3. ニンジン、セロリ、スイートオニオンをざく切りにする。ジャガイモの皮をむき、1cmほどの角切りにする。ニンジンを1分、ジャガイモを2分電子レンジにかける。
4. 中くらいのボウルに牛肉、野菜、グレービーソース、ハーブ、コショウを入れ、混ぜ合わせる。
5. パイシートを約8cm四方に切る。シートの中央に4をのせ、四隅をつまんで枠を作る。
6. 刷毛で卵液を塗る。油を塗った天板にのせ、生地の端に焼き目がつくまでオーブンで10分焼く。
7. オーブンから取り出し、5分間ケーキクーラーにのせて粗熱を取る。

熱々のパスティーをマッド・ティーパーティに！

怪人の美味なるアップルローズ・タルトレット

ガストン・ルルー著『オペラ座の怪人』より

12個分

パイ生地(作り方はP.23参照)……P.23の2
倍の分量
ヴィダリア・オニオン[アメリカ、ジョージア州
産の非常に甘いタマネギ]……¹/₂個
オリーブオイル……大さじ1
塩……小さじ¹/₂
砂糖……小さじ¹/₄
ゴーダチーズ……約70g
リンゴ(ガラまたはふじ)*……2〜3個
レモン汁

>>> 特別な道具
野菜用スライサー

*できるだけ赤いリンゴを選ぶと、バラの花びら
を作ったときに赤い線が際立ち、仕上がりが美
しくなる。

彼がボックス席の小さな棚の上に置いていくんですよ。プログラ
ムといっしょに。プログラムはわたしが持っていくんです。花が
置いてあったこともあります。バラの花でした。ドレスから落ち
たんでしょうね……ご婦人を連れてくることもありますから。扇
を忘れていったこともあるんですよ──マダム・ジリー

　バラの花は怪人の名刺として知られています。ゴーダチーズと
飴色になるまでじっくり炒めたタマネギ、リンゴで作ったバラの
花をあしらったタルトレットで間違いなく彼の心を射止められる
でしょう。

作り方

1. オーブンを180℃に予熱。打ち粉をした台にパイ生地をのせ、3mmほどの厚さに伸ばしてから、直径10cmくらいの円を抜く。

2. マフィン型にまんべんなくオイルをスプレーし、円形の生地をマフィン型の底に敷き、フォークで2箇所穴を開ける。詰め物をせずにオーブンで10分焼く。完全に冷めるまで待つ(マフィン型から取り出さない)。

3. 冷めるのを待つあいだに、タマネギを薄い輪切りにする。大きめのスキレットを弱めの中火にかけ、オリーブオイルを熱する。タマネギを加え、完全に油がまわるまで炒める。蓋をし、ときどきかき混ぜながら、タマネギが軟らかくなり、透きとおってくるまで15〜20分火にかける。

4. 強めの中火に上げ、砂糖と塩を加え、炒める。タマネギが飴色になったら、火から下ろす。

5. ゴーダチーズを厚さ5mm、直径5cmほどに切り、タルト生地の底に敷く。より簡単な方法として、ゴーダチーズを角切りにして敷いてもいい。

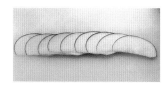

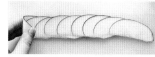

6. ゴーダチーズの上に飴色タマネギをそれぞれ1〜2枚のせる。

7. リンゴを4等分し、種を取りのぞく。それをスライサーで薄くスライスする。スライスしたものからボウルに入れ、レモン汁を数滴ずつ何回かに分けてたらし、茶色に変色するのを防ぐ。

8. まな板にレモン汁をかけ、リンゴのスライス10枚を重なるように1列に並べる。このとき、半分重なるように置くのが美しいバラを作る秘訣（構造的に安定する）。端からゆっくりくるくる巻いていく。スライスの厚さが均一ではなく、片方が薄くなっていたら、薄くなっているほうを重ねないようにすると、巻きやすい。スライスしたものを少し下向きに並べると、巻いたときに中央の「花びら」になる部分が少し高くなり、よりバラらしく見える。

NOTE リンゴのスライスを巻いているときに破れてしまったら、きつく巻きすぎている証拠。最初の2、3枚をゆるめに巻くようにすると、完成したバラの花の中央に隙間ができる。タルト生地の中に置いてから、バラの花の中央にスライスを1、2枚差し込むのでもOK。

9. タルト生地の中央に形がくずれないように注意しながらバラの花を置く。同様にして残りの分を作る。

10. リンゴのスライスに完全に火が入り、チーズがとろけるまでオーブンで10〜15分焼く。最後の数分間はリンゴの花びらの端が焦げないように様子を見ること。

11. オーブンから取り出したら、マフィン型に入れたまま5分置く。そのあと、バターナイフで取り出して、皿に盛りつける。

最愛の人に1ダースの食べられるおいしいバラの花を捧げよう！

詩的なエッグサラダ・サンドイッチ

ルーシー・モード・モンゴメリー著『アンの青春』より

6個分

固ゆで卵*……1ダース
カニカマ……3本
マヨネーズ……1 1/5カップ
マスタード……大さじ1 1/2
塩……小さじ1/2
乾燥パセリ……小さじ1
チャイブ……小さじ1
クロワッサン大……6個
生のクレソン……1束

*P.21の作り方1、卵のゆで方を参照。

ゼリーの小さなタルトにレディ・フィンガー［手の指ほどのサイズのスポンジケーキ］、ピンクと黄色の砂糖衣で飾ったドロップクッキー［生地を天板に落として作るクッキー］とバターカップケーキ。サンドイッチもないといけないわね。あまり詩的ではないけれど――アン

　想像力豊かなアン・シャーリーの手にかかれば、エッグサラダ・サンドイッチも豪華なごちそうに変身してしまいます。アンが「素晴らしきピクニック」で友だちに食べさせたサンドイッチを再現するに当たり、彼女と同じように、センスを最大限に発揮できるようにしようと決意しました。クロワッサンにクレソンの葉を敷いたサンドイッチは、エッグサラダ（秘密の材料を加えます！）がたっぷり詰まり、誰が見ても、王さまの食卓にのるような贅沢なメニューになりました。

作り方

1. 卵の殻をむき、粗く刻む。カニカマを卵よりも小さめに刻む。
2. 大きめのボウルに刻んだゆで卵、カニカマ、マヨネーズ、マスタード、塩、パセリ、チャイブを入れ、混ぜ合わせる。
3. クロワッサンを横半分に切り、片方にクレソンの葉を敷く。
4. クレソンの葉の上にエッグサラダをたっぷりのせたら、もう半分のクロワッサンをのせる。

アヴォンリーのゴールデン・ピクニックに！

相性のいいお茶
Tea pairing

ラズベリー・コーディアル・ティー（P.127）

スコッチエッグ

C・S・ルイス著『馬と少年』新訳ナルニア国物語5より

スコッチエッグ6個分

卵(大)……7個
塩……小さじ1 1/2(分けて使用)
パン粉……9/10カップ
ほそびきの朝食用ソーセージ……約340g
青ネギ(みじん切りにしておく)……大さじ1/2
ベーコンビッツ(みじん切り)……大さじ1
コショウ……小さじ1/4
植物油……4 4/5〜7 1/5カップ(960〜1440ml)

シャスタがポリッジ[穀類を水や牛乳で似た粥]を食べ終えるころまでに、小人の兄弟(ロウギンとブリックルサム)はベーコンエッグとマッシュルームの皿と、コーヒーポットとホットミルクとトーストをテーブルに並べていた。

ナルニア国の小人たちの大好きな旅のお供のスナックからインスピレーションを得て作りました。朝食の定番——卵、ベーコン、ソーセージ——を合わせたスコッチエッグは、1日のスタートを切るのにぴったりのメニューです。

作り方

1. 卵1個を軽く溶いておく。残りの卵を鍋に入れ、小さじ1の塩を入れる。卵がかぶる程度の水を入れ、中火にかける。沸騰したら火から下ろし、蓋をして6〜8分置く。そのあと、湯を捨て、冷水を何度か取り換えながら洗う。卵の粗熱が取れ、常温くらいになったら、殻をむく。

2. 溶き卵とパン粉を別々のボウルに入れる。ソーセージの皮(ケーシング)をむき、中くらいのボウルに入れる。青ネギのみじん切り、ベーコンビッツ、塩小さじ1/2、コショウを加え、練る。

3. 大きな鍋で油を熱する。

4. 油を熱しているあいだに、2を6等分して丸める。丸めたものを手のひらで薄く伸ばし、中央に卵を置いてくるむ。それを個数分作る。次に卵液にくぐらせ、パン粉をまぶす。

5. 揚げ油の中に卵を1度に2〜3個ずつ入れ、きつね色になるまで揚げる(試しに揚げた卵を1個半分に切り、完全に火が通っているか確かめる)。穴開き大型スプーンかトングで取り出し、ペーパータオルを敷いた皿にのせて5分間油を切る。

6. 残りの卵も同じように揚げる。

   NOTE 電子レンジで温め直すときは、半分に切る(フォークで穴を開けておいても、破裂する恐れがあるので)。

ナルニア国の寒い冬の日に揚げたてをどうぞ！

シャーロックのステーキ・サンドイッチ

アーサー・コナン・ドイル著『エメラルドの宝冠』より

サンドイッチ大を2個分
(ティータイムには半分または¼にカットして出す)

⋙ ソース
サワークリーム……大さじ3
ホースラディッシュソース……大さじ2
コーシャーソルト……1つまみ強
ブラックペッパー……少々強
レモン汁……小さじ³/₄

⋙ サンドイッチ
骨なしのステーキ肉(2つに切り分けておく)＊
……約230g
塩・コショウ……お好みで
全粒小麦のパン……4枚
ラディッシュ……4個
ルッコラ……1⁴/₅カップ

＊写真のサンドイッチでは骨なしのチャックアイ・
ステーキ肉を使用。チャックアイは5本目のあば
らから取れる肉、日本の肩ロースに当たる。

相性のいいお茶
Tea pairing

推論：シャーロック・
ティー(P.122)

彼はサイドボードに置かれた牛の骨付き肉から肉をひと切れスライスすると、2枚のパンではさみ、その無骨な食事をポケットに突っ込んで調査の旅に出かけていった。

　シャーロック・ホームズは食に関心がないことで知られていますが、コールドビーフ・サンドイッチには目がないようです。捜査で旅をしているときに、サンドイッチをほおばるシーンが何度か登場します。その理由にも納得です。栄養たっぷりのパン、たんぱく質を豊富に含む牛の肋骨周辺の肉、味蕾を目覚めさせるトッピング、サンドイッチ以上に脳を刺激する食事はありません。

作り方

1. 小さめのボウルにソースの材料をすべて入れて混ぜ合わせる。
2. ステーキ肉に塩コショウで下味をつける。スキレットに少量の油を引き、中火で熱する。スキレットが温まったら、肉を両面に色がつくまで2分焼く。トングで短いほうの端を10秒押さえ、肉汁を閉じ込める。ステーキを皿に取り出し、休ませる。
3. パンをトーストする。ラディッシュを厚さ5mmほどの薄切りにする。
4. パンにソースを塗り、ルッコラ（肉の水分がパンに移るのを防ぐため）、ラディッシュの薄切りをのせる。ステーキを幅1cmほどに切り、半量をラディッシュの上にのせる。その上に残りのラディッシュ、さらにルッコラをのせる。パンにソースを塗り、上にかぶせる。
5. 4を繰り返し、もう1つサンドイッチを作る。
6. 半分、または¼に切り分ける。

サンドイッチを持って、事件を解決しに行こう！

スタッフド・ボタン・マッシュルーム

ルイス・キャロル著『不思議の国のアリス』より

スタッフド・ボタン・マッシュルーム12個分

全乳のリコッタチーズ……$9/10$カップ
卵……1個
青ネギ(みじん切りにしておく)……大さじ1
パルメザンチーズ……大さじ1
塩……小さじ$1/8$
コショウ……小さじ$1/8$
ホワイト・ボタン・マッシュルーム……12個
チェダーチーズ[通常よりもコクのあるもの](細かくおろしておく)……大さじ1

そのあと、〔青虫は〕マッシュルームから下り、草むらに這っていきながら、ひとことこう言い残しました。「片側を食べれば背が高くなり、反対側を食べれば低くなる」

　エレガントなスタッフド・ボタン・マッシュルームには3種類のチーズ——リコッタ、パルメザン、トッピングのチェダーチーズのチーズクリスプ——が使われています。

作り方

1. オーブンを180℃に予熱。

2. 中くらいのボウルに、リコッタチーズと卵を入れ、混ぜ合わせる。青ネギのみじん切り、パルメザンチーズ、塩、コショウを加え、さらに混ぜ合わせる。

3. マッシュルームの軸をねじったり、片側にそっと押したりして取りのぞく。軸はスープに使うのに取っておく。

4. 天板にマッシュルームを置き、詰め物をスプーンですくって詰める(マッシュルームの大きさにもよるが、だいたい小さじ2ずつ)。

5. オーブンに入れ、12分焼く。ときどき様子を見る(焼きすぎると、マッシュルームから詰め物が漏れてしまうため)。

6. マッシュルームが焼き上がるあいだに、小さめのスキレットにチェダーチーズを直径10cmほどの円盤状に広げる。スキレットを弱火で熱し、チーズがふつふつとし、端がきつね色になりはじめるまで3〜5分焼く。チーズをペーパータオルを敷いた皿にのせ、5〜10分休ませて粗熱を取る。

7. パリパリになったチーズを12等分し、マッシュルームに1つずつのせる。

不思議の国で出会った風変わりな青虫に!

チーズの石の剣のスナック

ハワード・パイル著『The Story of King Arthur and His Knight（アーサー王と騎士たちの物語）』より

16個分

ホワイト・イングリッシュ・チェダーチーズ
……約55g
カマンベールチーズ……約225g
ドライ・クランベリー……大さじ2
ピーカンナッツ、またはクルミ（どちらもチップス状のものをローストしておく）……大さじ2
ひきたてのコショウ……小さじ1/4

>>> 特別な道具
プラスチック製の剣形カクテルピック
16本

アーサーは四角い大理石の石に近づき、両手で剣の柄をつかんだ……身を屈め、ぐっと力を込めて引き抜こうとすると、なんたることか！　いとも簡単にするりと抜けた。

　午後から円卓の騎士のように冒険に出かける──冒険談を読むだけでももちろんけっこうです──前の腹ごしらえにぴったりなチーズのスナックです。カマンベールチーズとイギリス産のチェダーチーズは、ローストしたナッツ、甘酸っぱいドライ・クランベリーと抜群の相性。これぞまさに王の食卓にふさわしい料理です。

作り方

1. 中くらいのボウルに、細かくおろしたチェダーチーズを入れ、カマンベールチーズは中身だけすくい出し、皮は使用しない。材料をすべて加えて、よく混ぜ合わせる。ふんわりラップをして、冷蔵庫で25〜30分冷やし固める。

2. ラップをはずし、1を丸めて、直径3cmほどの球状にする。

3. それぞれの球の上にカクテルピックを刺す。

   NOTE カクテルピックを刺す前に、球状にしたチーズにポピーシードを大さじ2加えてもOK。より本物の"石"らしく見える。

世界中の勇敢な騎士に！

Bread
&
Muffins
パンとマフィン

パンが健康な食生活に欠かせないのはみなさんご存じ
かと思いますが、物語で登場人物同士の関係性を表すの
に使われているのに気づいている人は少ないのではない
でしょうか。注意して読めば、登場人物がひとりでパン
を食べている場面がめったにないのに気づくはずです。
パンはいつも家族との夕食、あるいは、ひとり旅の途中
で出会った道連れと焚火を囲みながら分け合って食べら
れています。
　『ホビット　ゆきてかえりし物語』の熊人ビヨンがいい
例です。もともと外の世界に興味のなかった彼ですが、
ビルボと仲間たちを家に招き、手作りのパンと自家製の
ハチミツでもてなします。
　ビヨンは人は互いに思いやって生きていかなければな
らないということに気づきはじめ、隠遁暮らしに満足し
ていたにもかかわらず、物語の後半で五軍の戦いに加わ
ることになるのです。ビヨンは互いに責任を持つことは、
パンを分け合うことと同じくらい基本的なことだと教え
てくれます。

北極の道コーヒー・マフィン

ジャック・ロンドン著『白い牙』より

12個分
....

無塩バター……120g
顆粒状のインスタントコーヒー……小さじ2
牛乳……1 $1/5$カップ（240ml）
小麦粉……2 $2/5$カップ
グラニュー糖……$3/5$カップ
ブラウンシュガー……$3/10$カップ
ベーキングパウダー……小さじ2
シナモン、ショウガ、ナツメグ（パウダー状の
もの）……各小さじ$1/4$
塩……小さじ$1/2$
メープルシロップ……大さじ2
卵（溶いておく）……1個
バニラ・エキストラクト……小さじ1

ヘンリーは答えず、黙々と食べ、食事が終わると、最後に残った
コーヒーを飲みほした。手の甲で口を拭い……暗闇のどこかから
ひどく悲しげな遠吠えが聞こえてきて、相手の言葉をさえぎった。

　メープルバターをほんの少し加えるだけで、朝食にぴったりな
マフィンができあがります。軟らかくしたバターにメープルシ
ロップを大さじ数杯加え、なめらかになるまで攪拌すれば、自家
製のメープルバターが作れます。

作り方

1. オーブンを190℃に予熱。バターを電子レンジで加熱して溶
   かし、冷ましておく。牛乳に顆粒状のインスタントコーヒー
   を入れ、溶かす。マフィン型に敷き紙を敷く。

2. 大きめのボウルに、小麦粉、砂糖類、ベーキングパウダー、
   スパイス類、塩を入れて泡だて器でざっと混ぜる。メープル
   シロップ、溶き卵、バニラ・エキストラクト、溶かしバター、
   牛乳にインスタントコーヒーを混ぜたもの（加える前によくかき混
   ぜ、コーヒーを完全に溶かす）を加え、混ぜる。

3. マフィン型の3/4まで生地を入れ、20分焼く。中央に爪楊枝
   を刺して何もついてこなければOK。マフィン型から出し、
   ケーキクーラーにのせて20分冷ます。

　凍えるように寒いアラスカの朝に温かいうちに！

相性のいいお茶
Tea pairing

>>>>>>>>>>>>>>>>>>
ビルボの
朝食の1杯(P.122)

ビヨンのハニーナッツ・バナナブレッド

J・R・R・トールキン著『ホビット　ゆきてかえりし物語』より

1斤分

小麦粉……1$\frac{1}{2}$カップ
重曹……小さじ$\frac{1}{2}$
塩……小さじ$\frac{1}{8}$
シナモン……小さじ$\frac{1}{4}$
ショウガ(パウダー状のもの)……小さじ$\frac{1}{4}$
茶色くなったバナナ……2本
グラニュー糖……$\frac{3}{10}$カップ
ブラウンシュガー……$\frac{3}{10}$カップ
ハチミツ……大さじ3
バニラ・エキストラクト……小さじ$\frac{1}{2}$
卵(軽く溶いておく)……1個
溶かしバター(冷ましておく)……60g
クルミ(チップス状)……$\frac{3}{10}$カップ

〔ビヨンは〕オークの森の大きな木の家に住んでいる。人間として家畜や馬を飼い、これがまた彼と同じくらいすごい能力を持っている。彼のために働き、話もするんだ……。獰猛なハチを飼っていて、巣箱がごまんとある。もっぱらクリームとハチミツを食べて暮らしている——ガンダルフ

　ビヨンは気難し屋かもしれませんが、料理の腕は確かです! トリンの一行が闇の森のはずれにある彼の家に滞在したときに出したパンとハチミツを想像してレシピを作ってみました。

作り方

1. オーブンを180℃に予熱。パン型にオイルをスプレーしておく。

2. 大きめのボウルに小麦粉、重曹、塩、シナモン、パウダー状のショウガを入れ、泡だて器で混ぜる。粉の中央をくぼませる。

3. 中くらいのボウルにバナナを入れ、フォークでつぶす。砂糖、ハチミツ、バニラ・エキストラクト、溶き卵、溶かしバターを加えて、かき混ぜる。

4. 粉の中央のくぼませたところに3を入れ、混ぜ合わせる。クルミを加える。

5. 4をパン型に入れ、オーブンで45分焼く。爪楊枝を刺して何もついてこなければOK。

6. パン型に入れたまま10分置いて冷ます。パン型の側面と焼き上がったパンのあいだにバターナイフを差し込んでゆるめ、ひっくり返してケーキクーラーにのせ、完全に冷めるまで約1時間休ませる。

7. パンをラップで包み、常温で1日寝かせる。

　ゴブリンから助けてくれたお礼に、気難し屋のビヨンにプレゼントしよう!

相性のいいお茶
Tea pairing

小公女セーラの
チョコレート・チャイ
（P.126）

パンとマフィン

ブラックベリー・レモン・スイートロール

フランシス・ホジソン・バーネット著『小公女』より

18個分

>>> ロール生地

ぬるま湯……$^3/_{10}$カップ(60ml)

牛乳(常温にしておく)……$^3/_5$カップ(120ml)

活性ドライイースト……1袋(7g)

バター(軟らかくしておく)……60g

バニラ・エキストラクト……小さじ2

塩……小さじ$^1/_2$

砂糖……$^3/_{10}$カップ

卵……2個

小麦粉……3 $^3/_{10}$カップ

種なしブラックベリー・スプレッダブル・ノルーツ[瓶詰などで市販されているジャムよりも糖度の低い商品]……$^9/_{10}$カップ

>>> アイシング

粉糖……$^3/_5$カップ

牛乳……大さじ1

レモン・エキストラクト……小さじ$^1/_2$

レモンの皮……小さじ2〜3

>>> 特別な道具

デンタルフロス、または細い糸4本

セーラは向かいの店を見た。パン屋だった。バラ色の頬で、どっしりした体格の母親らしい陽気なおかみさんが、ショーウインドーにオーブンから出してきたばかりの焼き立てのおいしそうなパンをのせたトレーを並べていた……。

セーラ・クルーは突然貧困に陥り、毎日飢えに苦しむようになります。ある日、通りで硬貨を拾い、焼き立てのパンを6個買います。パン屋のおかみさんは、セーラがそのうちの5個をお腹を空かせた浮浪児に与えているのを目撃します。セーラの優しさに心を打たれたおかみさんは、セーラが助けた浮浪児を引き取り、店でパン屋の仕事を教えます。親切な行いが連鎖反応を起こし、人の人生をも変えることを、セーラは教えてくれます。

作り方

1. スタンドミキサーのボウルにぬるま湯と牛乳を入れて混ぜる。表面にイーストを振り入れ、5分置く。

2. 1にバター、バニラ・エキストラクト、塩、砂糖、卵1個を加える。ミキサーにパドル・アタッチメント[平たい櫂のような形の羽根]を装着し、中低速で30秒、バターのかたまりがなくなるまで撹拌する。

3. 粉を数回に分けて入れ、中速で混ぜ合わせる。

4. 打ち粉をした台に3の生地をのせ、軟らかくなるまでこねる。表面がなめらかになり、べたつきがなくなるまで5〜8分こねる。生地が指にくっつくときは、何度か打ち粉をする。

5. 大きめのボウルにオイルをスプレーしてから生地を入れ、ひっくり返して油をまとわせる。ボウルに清潔な布巾をかぶせ、生地が倍の大きさにふくらむまで1時間寝かせる。

6. オーブンを180℃に予熱。マフィン型2つにオイルをスプレーする。

7. 生地のガス抜きをしたあと、打ち粉をした台にのせ、38×25cmくらいの長方形にする。スプレッダブル・フルーツを生地の上にまんべんなく塗る。長方形の短いほうからゆるめに巻いていく。

8. 清潔なデンタルフロスまたは細い糸で、約2.5cmの厚さに切り分ける。生地の端から約2.5cmの部分の下にフロスを差し入れ、フロスの両端を上で交差させて引っ張る。フロスや糸を使うことで、渦巻きを保ったまま切り分けることができる。

   NOTE キッチンを汚したくない場合は、まな板の上でロールを切り分ける。

9. 円盤状に切った生地の「きれいなほう」（スプレッダブル・フルーツがあまり見えないほう）を上に向けてマフィン型に入れる。もう1個の卵を溶いて、刷毛で生地に塗る。10〜15分、生地が盛り上がり、端がこんがりきつね色になるまでオーブンで焼く。途中で向きを変える。型に入れたまま5分休ませてからバターナイフを差し込んで取り出し、ケーキクーラーにのせて完全に冷ます。

10. 粉糖と牛乳、レモン・エキストラクトをなめらかになるまでかき混ぜる。ケーキの上に振りかけ、レモンの皮を飾る。

ロンドンの通りを行くお腹を空かせた通行人に！

ブラッドオレンジ・スコーン

アーサー・コナンドイル著『五つのオレンジの種』より

8個分

小麦粉……2 2/5カップ
砂糖……3/10カップ
飾りつけ用の砂糖……小さじ3/4
ベーキングパウダー……小さじ2
重曹……小さじ1/2
塩……小さじ1/2
冷やしたバター(大さじ1くらいずつ切り分けておく)……90g
オレンジの皮(手に入るのであれば、ブラッドオレンジの皮)*……大さじ1
卵(軽く溶いておく)……1個
ブラッドオレンジ・ビター[ブラッドオレンジの皮などをアルコールに漬け込んだもので、苦みが強く、カクテルの香りづけなどに使われる]……3/10
カップ(60ml)
ハーフ・アンド・ハーフ[牛乳とクリームを5:5で混ぜたもの]……3/10カップ
牛乳(艶出し用)……大さじ1

*ブラッドオレンジは12月〜5月までが旬。

相性のいいお茶
Tea pairing

推論:シャーロック・
ティー(P.122)

急いで[封筒を]を開けると、乾燥したオレンジの種が5つ飛び出してきて、皿の上にぱらぱらと落ちた。

　シャーロック・ホームズの難事件の1つ、『五つのオレンジの種』にインスパイアされ、伝統的なイギリスのスコーンをわたしなりに再解釈して作りました。厄介な事件のことも忘れさせてくれるとびきりおいしい柑橘系のスコーンです。外側は甘くてカリカリ、中はオレンジの香りのするふんわり優しい生地。このレシピではジュースの代わりに、ブラッドオレンジ・ビターを使っています。つまり、ブラッドオレンジが手に入らないシーズンにも作れるということです!

作り方

1. オーブンを220℃に予熱。天板にクッキングシートを敷く。

2. 大きめのボウルに小麦粉、砂糖、ベーキングパウダー、重曹、塩を入れ、泡だて器で混ぜる。フォークまたはペストリー・ブレンダーでバターを細かく切りながら粉に混ぜ込み、バターが豆粒くらいの大きさになり、そぼろ状になったらOK。オレンジの皮を入れて混ぜ、生地の中央をくぼませる。

3. くぼみに溶き卵を入れ、ブラッドオレンジ・ビターとハーフ・アンド・ハーフを混ぜたものを注ぐ。フォークでよく混ぜ合わせる。生地は多少べたついていてもOK(スコーンの焼きあがりが硬くなってしまうので、こねすぎないように注意する)。

4. 両手で生地を丸め、ボウルの底に生地が残っていたら、くっつける。天板にのせ、直径19〜20cm大の円盤状に伸ばす。よく切れるナイフで生地に三角の切れ目を入れる。焼いたあとにも線が残るように、生地の厚みの半分くらいまで切れ目

を入れる。完全には切り離さない。最初から切り離して焼くよりもスコーンの水分を保てる。

5. 生地の上に刷毛で牛乳を塗り、飾りつけ用の砂糖を振りかける。

6. 15～20分、中心部にまで完全に火が入り、表面がこんがりきつね色になるまで焼く。表面には先に火が入るので、早めに焼き色がついてきても、焦げることはないので大丈夫。中心部に注意し、生焼けなら、オーブンに入れたままにしておく。中心部に完全に火が入ったように見えたら、取り出す。

7. 天板にのせたまま5分冷まし、刻み目にそって切り分ける。

クロテッド・クリームとジャムを添え、難事件に挑む名探偵に！

ブラッドオレンジ・スコーン

ホット・クロス・カランツ・バンズ

フランシス・ホジソン・バーネット著『秘密の花園』より

16個分

>>>バンズ
ぬるま湯……³/₁₀カップ(60ml)
牛乳(常温にしておく)……³/₅カップ(120ml)
活性ドライ・イースト……1袋(7g)
バター(軟らかくしておく)……60g
卵……2個
塩……小さじ¹/₂
パウダー状のシナモン、ナツメグ、ショウ
ガ……各小さじ¹/₄
砂糖……³/₁₀カップ
小麦粉……3 ³/₁₀カップ
ドライ・カランツ*……³/₁₀カップ
ドライ・アプリコット(刻んでおく)……³/₁₀カップ

>>>アイシング
粉糖……1 ¹/₂カップ
牛乳……大さじ2

>>>特別な道具
絞り出し袋
丸口金(口径約5mm)

*レーズンがお好きではない方は、ドライ・クラ
ンベリーを使ってもOK。

ある朝……ディコンが大きなバラの茂みの裏に入っていき、ブリキのバケツを2つ持って現れた。1つにはクリームが浮かんだ新鮮で濃厚なミルクがなみなみと注がれ、もう1つには、コテージで作られた焼き立てのまだ温かいブドウパンが青と白のナプキンに包まれて大事そうに入れられていた。驚きと喜びの声があがった。ミセス・サワビーはなんて素晴らしいことを思いつくのだろう!

　カランツはレーズンに非常によく似ていますが、レーズンよりも小粒で味はよりフルーティーです。現在は、ブドウパンと言えば、このホット・クロス・バンズ[ドライフルーツなどが入った甘いパンで、表面にアイシング等で十字〈クロス〉の飾りがつけられているのが特徴]を指し、イースターで食べるのが伝統になっています。このレシピでは刻んだドライ・アプリコットで甘さを加えました。

作り方

1. スタンドミキサーのボウルにぬるま湯と牛乳を入れて、かき混ぜる。表面にイーストを振り入れ、5分置く。

2. バター、卵1個、塩、スパイス類、砂糖を加え、パドル・アタッチメントを装着し、中低速で30秒、バターのかたまりがなくなるまで撹拌する。

3. 小麦粉を数回に分けて加え、中速でざっと混ぜる。ドライフルーツを全量加え、ざっと混ぜる。

4. 打ち粉をした台に3の生地をのせ、軟らかくなるまでこねる。表面がなめらかになり、べたつきがなくなるまで5〜8分こねる。生地が指にくっつくときは、何度か打ち粉をする。

5. 大きめのボウルにオイルをスプレーし、生地を入れてひっくり返し、油をまとわせる。ボウルに清潔な布巾をかぶせ、生地が倍の大きさにふくらむまで1時間寝かせる。

6. ガス抜きをする。天板を2枚用意し、オイルをスプレーしておく。生地を16等分して丸め、天板に等間隔に置く。布巾をかぶせ、ふくらむまで30分休ませる。

7. オーブンを190℃に予熱。残りの卵1個を大さじ1の水を加えて溶いて卵液を作り、刷毛で天板1枚目の生地の表面に塗る。6〜8分、表面がこんがりきつね色になるまで焼く。天板にのせたまま5分冷ます。2枚目の天板も同様にして焼き、同様に5分冷ます。バンズをケーキクーラーにのせて完全に冷ます。

8. 粉糖と牛乳をなめらかになるまでかき混ぜて、アイシングを作る。口径約5mmの口金をつけた絞り出し袋に入れ、それぞれのパンの表面に十字を描く。実際の十字架よりも＋（プラス）に近い形をしているのが伝統。

秘密の花園でしぼりたての牛乳といっしょにどうぞ！

ホット・クロス・カランツ・バンズ

薄幸なフォカッチャ、
パルメザン・チャイブ・バター添え

ウィリアム・シェイクスピア著『ロミオとジュリエット』より

フォカッチャ1枚とバター³/₅カップ分

>>> パン
缶入りのピザ生地……1缶 (約390g)
塩……小さじ¹/₂
ブラックペッパー……小さじ¹/₄
ペストソース……大さじ2

>>> バター
バター (軟らかくしておく)……120g
パルメザンチーズ……大さじ2¹/₂
生のチャイブ (刻んでおく)……大さじ2

>>> 道具
星のクッキー型 (約8cm)
ピザストーン

芝居の舞台となるのは美しきヴェローナ、
いずれ劣らぬ名家が2つ、古くからの憎しみが新たな争いを生み、
市民たちは血でその手を汚した、
宿敵同士の両家に生まれた薄幸なひと組の恋人たち、
その運命はあまりにはかなく…… —— プロローグ

　星は数個だけくり抜くことも、生地をあまり残さないようにできるだけ詰めて抜いて数を増やすこともできます。残った生地はスナックとして食べられますが、その場合、食べる直前に星をくり抜くと、生地の乾燥を防げます。

作り方

1. オーブンを200℃に予熱。ピザ生地を常温にしておく。
2. 大きめのボウルに生地を入れ、塩とブラックペッパーを加えてこねる。ピザストーンの上で生地を直径約20cmの円盤状に伸ばす。生地が戻ってきてしまっても、引っ張りつづけ、直径20cmほどに近づいたところでやめる。
3. 生地に刷毛でペストソースを塗る。木製のスプーンの裏、または油を塗った金属のスプーンで生地に約2.5cm間隔のへこみを入れていく。焼き上がったときにへこみが残っているように、スプーンがピザストーンに当たるまで強く押す。
4. 表面がこんがりきつね色になるまで10〜15分焼く。焼き上がるのを待つあいだに、小さめのボウルでバターの材料を混ぜ合わせる。
5. ストーンにのせたまま生地を5〜10分置いて、人肌になるくらいまで冷ます。まな板に移し、星のクッキー型で抜く。

運命の3女神に気に入ってもらえるように、バターを添えて捧げよう!

Step 3

トーステッド・チーズ・バンズ

ロバート・L・スティーヴンソン著『宝島』より

バンズ8個分

缶入りの冷凍パン生地……1缶（約450g）
青ネギ（みじん切りにしておく）……大さじ2
ニンニク（みじん切りにしておく）……2片
シャープ［通常のものよりコクのあるもの］・チェダーチーズ（8つの角切りにしておく）……約85g
オリーブオイル……大さじ1
シュレッドタイプのチェダーチーズ……$9/10$カップ

おまえさん、ひょっとしてチーズを持ってたりしないか？ えっ？ 持ってないって？ もう幾晩、長い夜にチーズの——こんがりと焼けたチーズの夢を見たか知れやしない……——ベン・ガン

故郷の何がいちばん恋しかったかきかれたベン・ガンは、ジム・ホーキンズにチーズについて熱く語ります。3年間も孤島に置き去りにされたら、わたしもチーズが無性に食べたくなると思います。このバンズはシュレッドタイプのチェダーチーズをトッピングし、青ネギとニンニクを生地に混ぜ込みました。中央には頬が落ちるほどおいしい宝物——溶けたチーズが隠してあります。

作り方

1. 商品のパッケージに書かれてあるとおりにパン生地を解凍する。オーブンを200℃に予熱。天板にクッキングシートを敷く。

2. 青ネギとニンニクを生地に加え、均一に混ざるように練る。生地を8等分し、約5cm大に丸める。

3. 丸めた生地を手のひらで押して平らにする。真ん中に角切りにしたチーズをのせ、生地でくるむようにして閉じる。

4. 3を天板にのせる。表面に刷毛でオリーブオイルを塗る。シュレッドタイプのチェダーチーズをトッピングする。

5. 8〜10分、てっぺんにのせたチーズが溶け、外側の生地が硬くなるまでオーブンで焼く。天板にのせたまま5分冷ます。

孤島に置き去りにされた海賊をチーズのない生活から救おう！

Sweets
スイーツ

デザートは料理においても、物語においても、漠然と
しているけれど必要不可欠なもの——ドラマを生み出し
てくれる存在です。サクサクのクッキー、ふわふわのデ
コレーションケーキを口に入れた瞬間、わたしたちの心
はときめきます。物語に登場するデザートも、登場人物
の感情と結びついています。『若草物語』のジョーは、
生まれて初めて家から離れて過ごすクリスマスに家族か
らジンジャーブレッドを贈られ、ホームシックにかかり
ます。レッドウォールの祝宴で大人気なのは、ナッツの
キャラメリゼとメドウクリームです。

　わたしたちを喜びに浸らせるのが、デザートの究極の
目的なのかもしれません。現実の生活であろうと、物語
の中であろうと、見た目も美しく、甘くおいしいデザー
トにあらがえる人なんていません。

アリエッティのミニ・チェリー・ケーキ

メアリー・ノートン著『床下の小人たち』より

7個分

冷凍オールバター・パウンドケーキ……
1缶(約285g)
アメリカンチェリーのプリザーブ(砂糖煮)
……$2/5$カップ
クロテッド・クリーム＊……$3/5$カップ
粉糖……$3/10$カップ
生のアメリカンチェリー……7個

>>>特別な道具
丸型のクッキー型(約4〜5cm)

＊クロテッド・クリームは手作りすることもできる。
軟らかくしたクリームチーズ約115gをスタンドミ
キサーの中低速で45秒攪拌する。粉糖大さじ2、
バニラ・エキストラクト小さじ1を加え、なめら
かになるまで2〜3分攪拌。ヘビークリーム[乳
脂肪分36%以上のもの]大さじ3を数回に分け
て入れて、なめらかになり、硬めのホイップクリー
ムくらいになるまでさらに攪拌する。

アリエッティは彼[ポッド]が階段から離れるのをじっと目で追い、
それからあたりを見まわした。ああ、なんという素晴らしさ！
なんという喜び！　なんという自由！　太陽の光、草の葉、優し
く流れる空気。土手を半分行った角を曲がったところにあるのは、
花の咲いた桜の木だ！　木の下の小道は落ちた花びらでピンク色
に染まり、木の根元にはバターのように青白いプリムローズが群
生していた。

　ここで紹介しているクロテッド・クリームは簡単に作れるので、
覚えておくと、ティータイムのレシピを考えるときの心強い味方
になってくれます。美しいチェリー・ケーキだけではなく、ス
コーンやマフィンとの相性も抜群です。

作り方

1. パッケージに書かれているとおりにパウンドケーキを解凍す
る。1cm程度の厚さに切る。

2. 丸型のクッキー型で21枚抜く。

3. 21枚のうち14枚にアメリカンチェリーのプリザーブ(砂糖煮)
とクロテッド・クリームを落とすようにのせる。ケーキを重
ねたときに中身がはみ出してしまうので、全体に広げず、
3mmほど余白を残す。

4. ケーキを3つ積み重ねる。いちばん上には何も塗られていな
いものをのせる。

5. その上に粉糖を振りかけ、クリームを少量のせる(広げないよう
に注意)。クリームの上にアメリカンチェリーを飾る。

桜の木の下で、小人たちといっしょに召し上がれ！

相性のいいお茶
Tea pairing

ミス・メアリの
ガーデン・ブレンド(P.125)

キャンディ・フラワー・クッキー

フランシス・ホジソン・バーネット著『秘密の花園』より

60個分

>>> キャンディ・コーティングした花
卵白……2 2/5カップ
味や香りのついていないウオッカ(お好みで)……大さじ1〜2
精製糖*1……2 2/5カップ

>>> クッキー
小麦粉……2 2/5カップ
ベーキングパウダー……小さじ1/2
塩……小さじ1/4
バター(軟らかくしておく)……120g+30g
砂糖……9/10カップ
卵(軽く溶いておく)……1個
牛乳……大さじ2
バニラ・エキストラクト……小さじ2
粉糖のアイシング*2……1 1/2カップ
エディブルフラワー*3……60個

>>> 特別な道具
丸型のクッキー型(約5cm)

*1 精製糖は、グラニュー糖をブレンダーやフードプロセッサーでざっと攪拌するだけで作れる。パウダー状になるまで長く攪拌しないように注意。
*2 アイシングの作り方:粉糖3カップに牛乳大さじ1/2〜1を加え、なめらかになるまで混ぜ合わせる。
*3 このクッキーに合う形、サイズの花は、パンジー、プリムローズ、イチゴの花。花は必ず無農薬のものを使う。

秋の黄金色、紫、青みがかったスミレ色、燃えるような赤が一面に咲き乱れていた……ユリの花を最初に植えたときのことを、彼[ミスター・クレイブン]は覚えていた。1年のまさにこの季節に、遅咲きの花を咲かせるようにしたのだ。

花をキャンディ・コーティングするのは難しいように思われるかもしれませんが、意外に簡単です(ただし、固まるまでに数時間かかります)。クッキーは下のレシピにあるとおりに手作りしてもいいですし、時間がないときは、市販のシュガー・クッキーを使うのもいいでしょう。

作り方

1. 天板にクッキングシートを敷き、エディブルフラワーを表を上にして重ならないように並べる。中くらいのボウルで卵白を泡立てる。お好みで卵白にウオッカを加える(花が乾くのが早まる)。

2. 1つ1つの花の表と裏に刷毛で卵白の泡を薄く塗り、完全にコーティングする。そのときに、刷毛の毛を指で押さえ、必要な部分だけを残して絵筆のようにして卵白に浸けるといい。

3. 花を卵白でコーティングしたら、精製糖を軽く振りかける。

4. 花をケーキクーラーにのせ、ひと晩置く(乾いた花に艶が出て、精製糖はほとんど溶けている)。

5. クッキーを作る。小麦粉、ベーキングパウダー、塩をボウルに入れてざっと混ぜる。

6. スタンドミキサーで、バターと砂糖を中速でなめらかになるまで攪拌する。卵、牛乳、バニラ・エキストラクトを加え、さらに攪拌する。

7. 5の粉を数回に分けて加え、攪拌する。必要ならば、ミキサーを止めて、ボウルにくっついた生地をこそげ取る。

8. 生地を1つにまとめてから、2つに分割し、ラップできっちり包んで冷凍庫に入れて15分休ませる。そのあいだに、オーブンを160℃に予熱。15分たったら、分割した1つの生地を取り出し、ラップをはずす。

9. まな板とめん棒に多めに打ち粉をする。ラップをはずした生地を3mmほどの厚さに伸ばし、丸型のクッキー型で15枚抜く（生地が硬すぎるようなら、両手の手のひらで押さえて、扱いやすい軟らかさにする）。油を塗っていない天板に生地をのせ、等間隔に並べてオーブンで8分焼く。そのまま5分置き、ケーキクーラーに移して完全に冷ます（天板にくっついてしまったら、バターナイフでそっとはがす）。余り生地をまとめて伸ばし、さらに15枚抜いて焼く。

10. 冷凍庫に入っている残りの生地を取り出して、9と同様に焼く。

11. クッキーが冷めたら、上にアイシングを振りかけ、キャンディ・コーティングした花を飾る。アイシングが花を留める役割をしてくれる。

庭の塀の秘密の入り口から入って、ガーデン・パーティで召し上がれ！

NOTE レシピの量を半分に減らす場合は、溶き卵の量を目分量で半分にするか、はかりで量る。卵1/2個分は約20〜25gです。

サイクロン・クッキー

ライマン・フランク・ボーム著『オズの魔法使い』より

12個分

小麦粉……1 $\frac{1}{5}$カップ
ベーキングパウダー……小さじ$\frac{1}{8}$
バター（軟らかくしておく）……120g
粉糖……$\frac{3}{10}$カップ
グラニュー糖……$\frac{3}{10}$カップ
塩……小さじ$\frac{1}{4}$
バニラ・エキストラクト……小さじ1 $\frac{1}{2}$
牛乳……大さじ2
黄色、赤、青のジェル状食用色素……各
3滴（液状の場合は5〜7滴）
黒のジェル状食用色素……15滴（液状の
場合は小さじ1）

恐ろしく強い風に家はぐんぐん持ち上げられ、竜巻のてっぺんまで吹き上げられた。そしてそのまま風に飛ばされる羽根のように軽々と遠くへ運ばれていった。

　わたしはこのクッキーの色の組み合わせが大好きです。もちろん、自分の好きな色を使うのもいいでしょう。鮮やかな明るい色同士の組み合わせも面白いと思います。

作り方

1. 小さめのボウルに小麦粉、ベーキングパウダーを入れて混ぜる。

2. スタンドミキサーのボウルに軟らかくしたバター、砂糖、塩を入れ、なめらかになるまで攪拌する。ミキサーを作動させたまま、バニラ・エキストラクトと牛乳を加える。1を数回に分けて入れ、よく混ぜ合わせる。必要なら途中で止め、ボウルにくっついた生地をこそげ落とす。

3. ボウルから生地の半量を取り出す。3等分し、それぞれ別々の小さなボウルに入れ、1つ目に黄色、2つ目に赤、3つ目に青の食用色素を入れ、混ぜ合わせる。各色の生地を約10cmの長さの円筒形にし、ぴったりくっつけてクッキングシートに並べる。その上にもう1枚クッキングシートをのせ、約5mmの厚さに伸ばす。焼き上がったときにそれぞれのクッキーに3色すべての色が出るようにするには、生地を長方形に伸ばすようにするといい。短い辺に1色が現れ、長い辺に3色全部が現れる（3色入った側が渦巻き模様を作るのに十分な長さになる）。

4. ミキサーに残っている生地に黒の食用色素を加え、完全に混ざるまで攪拌する。黒い生地を2枚のクッキングシートでは

相性のいいお茶
Tea pairing

エメラルド・シティ・
ティー(P.123)

さみ、5mm程度の厚さに伸ばす。クッキングシートではさんだまま両方の生地を天板にのせ（重ねて置くのがいい）、冷凍庫に入れて15分休ませる。

5. 3色、黒、両方の生地の上にのせたクッキングシートをはずす。3色生地をシートがついている面を下にして置き、その上に黒の生地をシートがついていない面を下にして重ねる。黒の生地からシートをはずす。生地を15×20cmくらいの長方形に切る（短辺が1色、長辺が3色になるように）。短辺からゆっくりと巻いていき、断面が渦巻き模様の円筒形にする。ひび割れはそのつど、指でなぞってなめらかにし、最後に残ったシートをはずす。

6. 生地をラップできっちり包み、冷凍庫に入れて20分休ませる。オーブンを200℃に予熱。

7. 生地を約1cmの厚さの円盤状に切り分ける。油を塗っていない天板に並べ、端が固まるまで8〜10分焼く。天板にのせたまま、5分冷ます。

8. ケーキクーラーに移し、完全に冷ます。

竜巻に乗ってオズへ行くときに！

サイクロン・クッキー

相性のいいお茶
Tea pairing
>>>>>>>>>>>>>>>>
修道院長のチョコレート・
ヘーゼルナッツ・ティー
(P.121)

ナッツのキャラメリゼ、メドウクリーム添え

ブライアン・ジェイクス著〈レッドウォール伝説〉シリーズ
『The Legend of Luke（ルークの伝説）』より

**刻んだナッツ1 $\frac{1}{5}$ カップと
クリーム4 $\frac{1}{5}$ カップ分**

>>> ナッツ
クルミ（刻んでおく）……1 $\frac{1}{5}$ カップ
ハチミツ……大さじ3
アップルパイ・スパイス……小さじ $\frac{1}{2}$
塩……小さじ $\frac{1}{4}$
バニラ・エキストラクト……小さじ $\frac{1}{4}$

>>> クリーム
ホイップクリーム……1 $\frac{4}{5}$ カップ
ハチミツ……大さじ3

グノフはマロングラッセとバラの花びらのハチミツ漬けのあいだにある、バターのような色合いのメドウクリームを指さした……コロンビーナが肉を切り分け、コグスが飲み物を配り、マーティンは友人たちと隅に座り、楽しそうに飲んだり、食べたりしていた。

〈レッドウォール伝説〉シリーズに登場する料理はシンプルで素朴なものばかりですが、デザートも例外ではありません。このレシピでも砂糖は使っていません。代わりに、スパイスとハチミツをからめたクルミがメインになっています。レッドウォールの有名なメドウクリームをたっぷり添えました。素朴な味わいの飾らないデザートは、レッドウォールにぴったりです。

作り方

1. オーブンを160℃に予熱。天板にアルミホイルを敷き、オイルをスプレーする。

2. 中くらいのボウルにナッツの材料をすべて入れ、よく混ぜ合わせる。アルミホイルの上にかたまりが残らないように、できるだけ薄く均一に広げる。

3. オーブンで10分焼く。途中で1度かき混ぜる。

4. 天板にのせたまま15分ほど冷ます。冷ますことでナッツのコーティングが硬くなる。

5. そのあいだにメドウクリームを作る。スタンドミキサーのボウルにホイップクリームを入れ、中高速で数分間、ある程度固まり、角が立つ直前まで攪拌する。ミキサーを止め、大さじ3のハチミツをゆっくり注ぐ。ハチミツが底に沈まないようにヘラで数回かき混ぜる。

6. 軽く角が立つまでさらに数分攪拌する。お好みでツンと角が
   立つまで攪拌してもいい（よりもったりしてキメは細かくなるが、見た目
   のなめらかさは減る）。

7. ナッツが完全に冷めたら、そっとアルミホイルからはずし、
   ひと口サイズに割る。

8. 小さなボウルの$2/3$までメドウクリームを入れ、残りの$1/3$に
   ナッツを入れる。

レッドウォールの英雄たちとの宴に！

ダークチョコレート・アールグレイ・ラベンダー・トリュフ

アーサー・コナン・ドイル著『海軍条約文書事件』より

12個分

アールグレイのティーバッグ……1袋
ヘビークリーム……³/₁₀カップ
ラベンダーのつぼみ(粗めのみじん切りにしておく)……小さじ1
ココアパウダー……大さじ2
製菓用チョコレート(ビタースイート)……¹/₂袋(約140g)

>>> 特別な道具
ステンレス製のこし器(ストレーナー)
湯せん用二重鍋

テーブルが並べられ、わたしが呼び鈴を鳴らそうとしたちょうどそのとき、ハドスン夫人が紅茶とコーヒーを持って入ってきた。数分後、3人分の食器が運ばれ、わたしたちはみなテーブルに近づいた。ホームズがががつがつ食べるのを、わたしは奇妙に……
──ジョン・ワトスン

　紅茶のアールグレイ、あるいはシャーロック・ホームズほどイギリス的なものはほかにありません。2つを組み合わせない手はないですよね。このダークチョコレートのトリュフは、アールグレイの風味を際立たせるために紅茶に浸したクリームを使っています。

作り方

1. ティーバッグから茶葉を取り出し、ヘビークリームとラベンダーと混ぜる。おおいをして、冷蔵庫に3時間置く。

2. 小さめのボウルにココアパウダーを入れる。二重鍋の上の鍋に製菓用チョコレートを入れる(あとで、二重鍋の下の鍋の上にのせる)。

3. ヘビークリームに紅茶とラベンダーの風味がついたら、二重鍋の下の鍋に湯を沸かす(上の鍋をのせたときに底が湯に触れないように湯の量は少なめに)。

4. 風味をつけたヘビークリームを小さなソースパンに入れ、弱火にかける。ときどきかき混ぜながら、湯気が立つまで加熱する(2分が目安)。

5. ソースパンと二重鍋の火を止める。チョコレートの入った鍋を湯の沸いた鍋の上にのせる。

6. チョコレートをこし器(ストレーナー)でこしながらヘビークリームに注ぐ。こし器に残ったラベンダーのつぼみと茶葉をスプーンで強く押して液を出し切る。茶こしに残ったラベンダーと茶葉

は捨てる。

7. クリームとチョコレートがなじむまで約3分休ませる。

8. チョコレートが溶け、クリームとチョコレートが完全に混ざるまでかき混ぜる。おおいをして、冷凍庫に入れて30分休ませる。そのあと、冷蔵庫に移し、中まで固まるよう20～30分冷やす。

9. スプーンでチョコレートをすくい、約2.5cm大の球状に丸める。それぞれにココアパウダーをまぶす。おおいをして、冷蔵庫で5～10分冷やす（チョコレートがきれいな球状にならないときは、冷やしたあとに再び形を整える）。

NOTE チョコレートを丸めるのに手を汚したくないときは、ラップを使って丸める。

ラベンダーのつぼみを散らして、あなたの大好きなヴィクトリア朝時代の名探偵に！

美味なる死のケーキ

アガサ・クリスティー著『ミス・マープルの名推理　予告殺人』より

直径約23cmの一段ケーキ1個分

>>> フロスティング
ホイップクリーム……⁹/₁₀カップ
無塩バター……60g
コーシャーソルト……小さじ¹/₈
チョコレートチップ（セミスイート）……¹/₂袋
（約170g）
黒のジェル状食用色素……40滴（小さじ
¹/₂ほど）

>>> ケーキ
小麦粉……⁹/₁₀カップ
ココアパウダー（砂糖不使用）……³/₅カップ
砂糖……1 ¹/₅カップ
重曹……小さじ³/₄
ベーキングパウダー……小さじ¹/₂
塩……小さじ¹/₂
卵（常温にして、軽く溶いておく）……1個
バターミルク……³/₅カップ（120ml）
溶かしバター……60g
バニラ・エキストラクト……小さじ¹/₂
ホットコーヒー……³/₅カップ（120ml）

>>> 特別な道具
こうもりのステンシル
季節の造花（手芸店で手に入る）＊

＊造花の代わりに、エディブルフラワーの菊の
花でもOK。その際には、無農薬のものをきれ
いに洗ってから使う。

ええ、うっとりするほどおいしいケーキですよ。でも、材料がない
んです！　そんなケーキ、作れっこありません。チョコレートにバ
ターがたくさんいるんです、砂糖もレーズンも……こってりして、
濃厚で、とろけるようなおいしさ！　ケーキの上にアイシングを─
─チョコレートのアイシングを飾りましょう……みなさんおっしゃ
るでしょうね、おいしい、これぞ美味だと──ミッチ

　このレシピではジェル状の食用色素を使います。フロスティン
グ［クリーム状の糖衣］に余分な水分が加わらないので、黒の発色が
よくなります。

作り方

1. フロスティングを作る。ホイップクリームをソースパンに入
   れ、弱めの中火にかけ、ときどきかき混ぜながら、湯気が立
   つまで加熱する。

2. 電子レンジでバターを溶かす。二重鍋にすべての材料を入れ
   て混ぜ合わせ、弱めの中火にかけ、なめらかになるまで勢い
   よく混ぜる。

3. 蓋をして、冷蔵庫で1時間休ませる。1時間たったら、かき
   混ぜ、再び蓋をして、固まるまでさらに1時間半以上冷蔵庫
   で休ませる。

4. オーブンを180℃に予熱。直径約23cmの丸型ケーキ型にオ
   イルをスプレーする。底に丸く切ったクッキングシートを敷
   く。ケーキの水分を含まない乾いた材料（粉類）を中くらいの
   ボウルに入れてかき混ぜる。

5. 大きめのボウルに溶き卵、バターミルク、溶かしバター、バ
   ニラ・エキストラクトを入れ、かき混ぜる。4の粉類を数回

相性のいいお茶
Tea pairing

ポアロのチョコレート・
マテ茶（P.126）

スイーツ

に分けて入れ、よく混ぜ合わせる。ホットコーヒーを加え、なめらかになるまでかき混ぜる。

6. 生地をケーキ型に流し入れ、オーブンで25分焼く。中央に爪楊枝を刺して何もついてこなければOK。

7. 型に入ったままケーキクーラーにのせ、10分冷ます。型からはずし、ケーキクーラーにのせて完全に冷ます（約1時間）。

8. ケーキの表面にフロスティングを薄く均一に塗る。その上にデコレーション用の、こうもりのステンシルをのせ、上から粉糖をふるい、ステンシルをはずしたあとに季節の造花を飾る。側面の下のほうに季節のリボンを巻く。

殺人事件が起きるとは夢にも思わずディナー・パーティにやってきたゲストに！

竜のうろこのマドレーヌ

J・R・R・トールキン著『ホビット　ゆきてかえりし物語』より

12個分

小麦粉……³/₁₀カップ+大さじ2
ベーキングパウダー……小さじ¹/₈
塩……小さじ¹/₈
卵(常温にしておく)……1個
アーモンド・エキストラクト……小さじ¹/₂
粉糖……³/₅カップ
赤の液状食用色素……小さじ³/₄(ジェル
状食用色素の場合は小さじ¹/₄)
溶かしバター(冷ましておく)……60g
ゴールドのカラースプレー……小さじ2(分
けて使用)

>>>道具
マドレーヌ型

そこに竜はいた。赤みがかった金色の巨体を横たえ、ぐっすり眠っていた。手足の下、とぐろを巻いた巨大な尻尾の下、よく見えない床のほうまで金銀財宝の山で埋め尽くされ、その金や銀、細工を施した金の装飾品や宝石に竜のうろこの赤い色が反射して赤く染まって見えた。

　マドレーヌは驚くほどアレンジのきくお菓子です。エキストラクトの種類や食用色素の色を変えることで、伝統的なマドレーヌがさまざまな顔に変化します。このレシピでは、竜のスマウグのうろこに似せて赤の食用色素とゴールドのカラースプレーを使っています。

作り方

1. オーブンを190℃に予熱。小さめのボウルに小麦粉、ベーキングパウダー、塩をふるい入れる。マドレーヌ型にオイルをスプレーする。

2. スタンドミキサーで卵とアーモンド・エキストラクトを高速で4分、攪拌する。

3. ミキサーを作動させたまま、粉糖を大さじ数杯ずつ数回に分けて加え、必要ならば、途中で止めてボウルの側面にくっついた生地をヘラでこそげ落とす。

4. 1の粉を大さじ数杯ずつ数回に分けて加え、スプーン、またはシリコン製のゴムベラで混ぜる。同様に溶かしバターを加え、混ぜる。ゴールドのカラースプレーの半量を入れ、かき混ぜる。

5. 残りのカラースプレーをマドレーヌ型にふるう。4の生地を大きめのスプーンですくい、型に入れる(型の半分まで)。

6. 6〜8分焼く。指で押して生地が戻ってくるならOK。ケーキクーラーにのせて2〜3分冷ます。ケーキクーラーの上で型をひっく

相性のいいお茶
Tea pairing
....
ビルボの
朝食の1杯(P.122)

り返し、マドレーヌを取り出す。型からはずれないときは、バ
ターナイフの先でそっとはがす。

NOTE マドレーヌは火の通りが速いので、最後の数分間は焦げないように様子を
見ながら焼く。

7. ケーキクーラーにのせて10〜15分冷ます。

竜においしいマドレーヌを食べさせて気をそらせているあいだに、
盗まれた財宝を取り戻そう！

＊アルファベット・クッキーのスペル
は "Hipy Bthutdy" に。物語の中
で "Happy Birthday" と書くように
頼まれたオウルがそう間違えるので。

イーヨーのバースデーケーキ

A・A・ミルン著『クマのプーさん』より

エンジェル・フード・ケーキ
[卵黄なしで作る軽いスポンジケーキ]1個分

>>> ブルーベリー・カード・フィリング
ブルーベリー……2 2/5カップ
レモン汁……大さじ2
砂糖……1 1/5カップ
バター……120g
水……大さじ2
コーンスターチ……大さじ2

>>> ケーキ
小麦粉……1 1/5カップ
砂糖(分けて使用)……1 4/5カップ
卵白(常温にしておく)……1 4/5カップ
クリームターター(ベーキングパウダーでも代用可)
……小さじ1 1/2
レモン・エキストラクト……小さじ1 1/4
塩……小さじ1/4

>>> 特別な道具
ステンレス製のこし器(ストレーナー)
チューブパン(ドーナツ形のケーキ型)

>>> デコレーション(お好みで)
ピンクのアイシング(市販品)
トッピング用のホイップクリーム(市販品)
バースデーケーキ用のろうそく
アルファベット・クッキー(わたしはトレーダー・
ジョーのシナモン・スクールブック・クッキーを使って
います)
ピンクのカラースプレー
生のブルーベリー

きみ[クリストファー・ロビン]は彼[イーヨー]のパーティの準備で大忙しだったからさ。イーヨーはバースデーケーキをもらった。ケーキの上には砂糖衣がかかっていて、ろうそくも3本立っていて、イーヨーの名前がピンクの砂糖で……

このブルーベリー・カード[ブルーベリーにその他の材料を混ぜて作るペースト]をはさんだレモン・エンジェル・フード・ケーキは、百エーカーの森(百町森)の極上のデザートの中でも、味と見た目のユニークさは随一です。

作り方

1. カードを作る。中くらいのソースパンにブルーベリーとレモン汁を入れて弱火にかけ、ときどきかき混ぜながら、軟らかくなるまで(約5分)煮る。こし器(ストレーナー)でこす。スプーンでブルーベリーの実を強く押して果汁を絞り出し、こし器に残った皮と実は捨てる。こしたものをソースパンに戻し、砂糖とバターを加えて火にかけ、よく溶かす。

   NOTE ブルーベリー・カードは数日前に作っておくことも可。当日、時間に余裕を持ってケーキを作ることができる。

2. 火を中火に強め、ときどきかき混ぜながら沸騰させる。

3. 小さめのボウルにコーンスターチと水を入れ、とろみがつくまで混ぜる。2に加え、絶えずかき混ぜながら3〜4分加熱する。とろみが少し強くなる。

4. 3を中くらいのボウルに移し、ラップでおおう。ラップが熱くなっているカードに触れないように注意する。カードをカウンターに置いて15分冷まし、そのあと、冷蔵庫に2時間入れて完全に冷ます。使うまで冷蔵庫に入れておく。

5. ケーキを作る。オーブンを180℃に予熱。小麦粉と砂糖3/5

カップを3回ふるう。

6. スタンドミキサーのボウルに卵白、クリームターター、レモン・エキストラクト、塩を入れる。中速で軽く角が立つまで（約2〜3分）攪拌する。

7. 残りの砂糖1 $\frac{1}{5}$カップを6に大さじ1ずつ数回に分けて加え、中速で攪拌する。角がピンと立つまで（約6〜8分）攪拌する。

8. 7に小麦粉と砂糖を混ぜたものを$\frac{3}{10}$カップずつ数回に分けて加え、加えるたびにかき混ぜる。

9. 油を塗っていない型に生地を流し入れる。生地の中央をナイフでくるっとかきまわし、気泡を取りのぞく。

Step 9

10. 35〜45分焼く。生地を指で押して弾力があればOK。すぐにケーキ型をさかさまにしてケーキクーラーにのせる。このまま1時間冷ます。

11. ケーキ型の側面と生地のあいだ、円筒部分と生地のあいだにナイフを差し込み、ケーキを取り出しやすくする。ひっくり返して皿にのせ、そっとケーキ型をはずす。皿をケーキ型の上にかぶせてからひっくり返してもいい。

12. ケーキを横半分に切り、上を脇に置く。下の部分にブルーベリー・カードを塗り、上の部分をのせる。

13. デコレーションをする。ケーキの上面にピンクのアイシングを振りかけ、トッピング用のホイップクリームをすくってたらす。そこにろうそくを立てる。クッキーの表を最初にピンクのアイシングに浸し、それからカラースプレーに浸す。はみ出した部分は爪楊枝で取りのぞく。アイシングが乾いたら、ブルーベリーとクッキーをケーキのまわりに好きなように飾る。

願い事をして、百エーカーの森の仲間たちにプレゼントしよう！

フェアリー・ダスト・スター・クッキー

J・M・バリ著『ピーター・パン』より

リンツァー・クッキー20個分

小麦粉……2 2/5カップ
ベーキングパウダー……小さじ1/2
塩……小さじ1/4
バター（軟らかくしておく）……120g+30g
砂糖……9/10カップ
卵（軽く溶いておく）……1個
牛乳……大さじ2
バニラ・エキストラクト……小さじ2
粉糖……3/10カップ
種なしのラズベリージャム……3/10〜3/5カップ
シルバーのカラースプレー……小さじ1/4

>>> 特別な道具
星のクッキー型（約9cmと約5cm）

相性のいいお茶
Tea pairing

右から
2番目の星（P.127）

どこに住んでいるのかウェンディにたずねられ、ピーターは「2つ目の角を右に曲がって、それから朝までまっすぐ行ったところ」と答えた。

ラズベリージャムにシルバーのカラースプレーを振りかけたリンツァー・クッキーは、あなたを夢の国に誘ってくれます。きらめく星に繊細な甘さ。ティンカーベルもこのおいしさにはあらがえません。

作り方

1. 小麦粉、ベーキングパウダー、塩をボウルに入れ、泡だて器で混ぜる。

2. スタンドミキサーにバターと砂糖を入れ、中速でなめらかになるまで攪拌する。卵、牛乳、バニラ・エキストラクトを加え、さらに攪拌する。

3. 1を数回に分けて加え、混ぜ、必要ならば、ミキサーを止めて、ボウルの側面にくっついた生地をこそげ落とす。

4. 生地を1つにまとめてから2等分し、球状にする。ラップできっちり包み、冷凍庫に入れて15分休ませる。そのあいだに、オーブンを160℃に予熱。15分たったら、1つの生地のラップをはずし、もう片方の生地を冷蔵庫に移す。

5. まな板とめん棒にたっぷり打ち粉をする。ラップをはずした生地を3mmほどの厚さに伸ばし、約9cmの星形のクッキー型で10枚抜く（生地が硬すぎて伸ばしにくいときは、手のひらで押して扱いやすい軟らかさにする）。星形の生地を油を塗っていない天板に等間隔に並べ、8分焼く。天板にのせたまま5分冷ましたあと、ケーキクーラーにのせて完全に冷ます（天板にくっついてしまったと

きは、バターナイフでそっとはがす）。

6. 余り生地を1つにまとめる。まな板に再び打ち粉をして、生地を伸ばす。さらに約9cmの型で10枚抜き、天板に移す。星の中央を約5cmの型で抜き、穴が開いた星を作る。オーブンで6分焼く。天板にのせたまま5分冷ましたあと、ケーキクーラーにのせて完全に冷ます。

NOTE クッキー生地を天板に移すときは、薄い金属製で面が平らなオフセット・スパチュラ、または大きめのフロスティング・ナイフを生地の下に差し込んで持ち上げるようにすると、生地をくずさなくてすむ。

7. 2つ目の生地のラップをはずし、5、6を繰り返す。

8. クッキーが冷めたら、中央をくり抜いたクッキーをまな板にのせ、ステンレス製のこし器（ストレーナー）でまんべんなく粉糖をふるう。

9. 穴の開いていないクッキーの中央にジャムを小さじ1/2～1のせる。中央をくり抜いた星をその上にのせ、下の星のとがった部分が上の星のとがった部分の隙間からのぞくように位置をずらす。シルバーのカラースプレーをひとつまみずつ星の中央に散らす。

ネバーランドに行くときのおやつに！

相性のいいお茶
Tea pairing

ポアロのチョコレート・
マテ茶（P.126）

エルキュール・ポアロの
クレーム・ド・マント・トリュフ

アガサ・クリスティー著『ヒッコリー・ロードの殺人』より

15個分

製菓用チョコレート（ビタースイート）……
1/2袋（約140g）
ヘビークリーム……3/10カップ
クレーム・ド・マント……大さじ1+小さじ1
ココアパウダー（飾り用）……大さじ2〜3

>>> 特別な道具
二重鍋
ラップ（お好みで）

「警部の部下に幸あらんことを」エルキュール・ポアロは厳粛な面持ちでグラスを掲げた。クレーム・ド・マントのグラスだ。シャープ警部もウイスキーのグラスを掲げて言った。「乾杯」

　ベルギー人の探偵エルキュール・ポアロはクレーム・ド・マント［ハッカ入りのリキュール］とチョコレートが大好きです。その2つを組み合わせ、ベルギー人もうっとりの贅沢なトリュフを作りました。材料はたったの4つ、ミント味のほんのり甘いデザートは、あなたの小さな灰色の脳細胞をフル回転させてくれるでしょう。

作り方

1. 二重鍋の下の鍋で湯を沸かす。湯が沸くまでのあいだに、ヘビークリームを小さめのソースパンに入れて弱火にかけ、ときどきかき混ぜながら、湯気が立ち、ふつふつ煮立つまで加熱する。両方の鍋を火から下ろす。

2. 二重鍋の上の鍋にチョコレートを入れる。チョコレートの上に1のクリームを注ぎ、3分置く。完全に溶け、なめらかになるまでかき混ぜる。クレーム・ド・マントを加え、同様にかき混ぜる。

3. 2を中くらいのボウルに入れ、きっちりラップをする。1時間15分冷凍する。冷蔵庫に移し、さらに10〜15分冷やす。

4. チョコレート生地を小さじ1杯ほどすくい、球状にゆるくまとめる。それを15個作る。ラップを使えば手を汚さずにすむ。

5. ボウルに戻し、ラップをして10分以上冷蔵庫で冷やし、そのあと、生地をきれいに整える。

6. ココアパウダーをまぶし、余分な粉を払い落とす。密閉容器に入れ、食べる直前まで冷蔵庫で保存する。

難事件解決のお礼にエルキュール・ポアロに！

ジョーのジンジャーブレッド

ルイーザ・メイ・オルコット著『続・若草物語』より

30枚分

小麦粉……4 $\frac{4}{5}$ カップ
重曹……小さじ1 $\frac{1}{2}$
パウダー状のショウガ(ジンジャー)……小さじ2 $\frac{1}{4}$
シナモン……小さじ1 $\frac{1}{4}$
オールスパイス……小さじ $\frac{1}{2}$
クローブ(粉末状)……小さじ $\frac{3}{4}$
塩……小さじ $\frac{1}{2}$
無塩バター(軟らかくしておく)……120g
ショートニング…… $\frac{3}{10}$ カップ
ブラウンシュガー…… $\frac{3}{5}$ カップ
グラニュー糖…… $\frac{3}{10}$ カップ
卵……1個
糖蜜(黒蜜で代用可)…… $\frac{9}{10}$ カップ

>>> 道具
ジンジャーブレッド・ウーマンのクッキー型(約8×9cm)
フードペン
さまざまな色のアイシングとカラースプレー

わたしが欲しかったものばかりでした。買ったものではなく、手作りなのがなおさらうれしいです。ベスの新しい「インク敷き」は本当に素晴らしい。そして、ハンナのジンジャーブレッドひと箱は宝物になるでしょう──ジョー

マーチ姉妹をジンジャーブレッド・クッキーにしてみました。以下にレシピを紹介していますが、お好きなようにデコレーションを楽しんでください。『若草物語』に登場するほかの登場人物、ローリー、お母さん、ジョン・ブルック、ベア先生、メグの子どもたちに挑戦してみてもいいでしょう。

作り方

1. 中くらいのボウルに材料に書かれている上から7番目の塩までを入れ、混ぜ合わせる。

2. スタンドミキサーに無塩バター、ショートニング、ブラウンシュガー、グラニュー糖を入れ、中速でなめらかになるまで攪拌する。卵と糖蜜を加え、さらに攪拌する。

3. 1を数回に分けて入れ、攪拌する。必要ならば、ミキサーを止めて、ボウルの側面にくっついた生地をこそげ落とす。

4. 3の生地を1つにまとめてラップで包み、扱いやすくなるまで2時間半、冷蔵庫で休ませる。そのあいだに、オーブンを180℃に予熱。

5. 生地の上下をクッキングシートではさみ、半量を5mmを超えない厚さに伸ばす(残りの半量はラップで包み、使うまで冷蔵庫に入れておく)。伸ばした生地はクッキングシートをはずさずに天板にのせ、冷蔵庫で10分冷やす。ジンジャーブレッド・ウーマンの型で抜く。メグの髪を写真のようにおだんごにしたい場合は、余っている生地を伸ばし、型抜きした生地の頭のてっぺんにそっと貼りつける。

6. クッキーをクッキングシートを敷いた天板に約5cm間隔に並べ

る（クッキーを持ち上げるときに形がくずれそうなら、オフセット・スパチュラまたは
フロスティング・ナイフを生地の下に差し込んで持ち上げる）。端が硬くなるま
でオーブンで7分焼く。天板にのせたまま5分冷まし、そのあと
ケーキクーラーにのせて完全に冷ます。

7. 残り半分の生地を伸ばし、型を抜き、焼く。余った生地も同様
に焼く。

8. アイシングとカラースプレーを使って、マーチ家の4姉妹のデ
コレーションをする。

メグ　紫のアイシングでドレスの縁取りをして、中を塗りつぶ
す。アイシングが乾かないうちに、ホワイトパールのカラース
プレーを飾る。フードペンで目鼻を描き、チョコレートのアイ
シングでおだんごに結った髪を描く。

ジョー　白のアイシングでドレスの縁取りをして、中を塗りつ
ぶす。ブルーのアイシングで格子模様を描く。フードペンで目
鼻を描く。チョコレートのアイシングでくるくる円を描いて巻
き毛を作る。三つ編みは肩に向きの異なるジグザグの線を2本
描く。その端にブルーのアイシングでリボンを飾る。

ベス　濃い青緑色のアイシングで縁取り、中を塗りつぶす。白
のアイシングとホワイトパールのカラースプレーを使って、
ピーター・パン・カラーとボタンを描く。フードペンで目鼻を
描く。チョコレートのアイシングで髪を描く。肩の下から描き
はじめ、頭の輪郭をなぞり、反対側の肩で止める。濃い青緑色
のアイシングで点を置くようにヘアピンを描く。

エイミー　ピンクのアイシングで縁取り、中を塗りつぶす。乾く
前にマルチカラーのカラースプレーを振りかける。フードペンで
目鼻を描く。黄色のアイシングで髪の毛を描く。肩の下から描
きはじめ、頭の輪郭をなぞり、反対側の肩までジグザグの線を
描いてウエーブ感を出す。ブルーのアイシングでリボンを飾る。

ひとり立ちしたばかりの若き作家に！

ジョーのジンジャーブレッド

相性のいいお茶
Tea pairing

ミス・メアリのガーデン・
ブレンド（P.125）

スイーツ
98

ラベンダー・レモン・エクレア

フランシス・ホジソン・バーネット著『秘密の花園』より

24個分

>>> カスタードクリーム
全乳……4 $^4/_5$ カップ(960ml)
バニラ・エキストラクト……大さじ1
ラベンダーのつぼみ……大さじ1 $^1/_2$
卵……4個
卵黄……3個分
砂糖……1 $^1/_5$ カップ
コーンスターチ……大さじ6
塩……小さじ $^1/_4$

>>> シュー皮
バター……120g
水……1 $^1/_5$ カップ(240ml)
小麦粉……1 $^1/_5$ カップ
卵(よく溶いておく)……4個

>>> アイシング
粉糖……1 $^1/_5$ カップ
レモン汁……大さじ1+小さじ $^1/_2$
ラベンダーのつぼみ……大さじ4

>>> 特別な道具
絞り出し袋
丸口金(口径約1cm)
シリコン製ベーキングマット(あれば)

最初に、緑の芽が土から、芝生から、花壇から、塀の隙間から次々に押し出てきて、その勢いは止まらないように思えた。そのあと、つぼみがふくらみはじめ、色とりどりの花が咲いていく。さまざまな色合いの青、紫、赤の花々が。

このデザートはシュー皮、カスタードクリーム、レモンのアイシング3つの要素から成っています。作るのに多少時間はかかりますが、1日中キッチンにこもっている必要はありません。シュー皮は1日前に、カスタードクリームは2日前に作っておくことができます。

作り方

1. カスタードクリームを作る。大きめの鍋に牛乳、バニラ・エキストラクト、ラベンダーのつぼみを入れ中火にかける。膜が張ったり焦げつかないようにときどきかき混ぜながら加熱し、沸騰する直前で火を止める。蓋をせず、1時間ほど風味を抽出する。
   NOTE カスタードクリーム用の牛乳に風味を抽出しているあいだに膜が張っても、かき混ぜれば問題ない。火にかけているときに膜が張らないように注意する。その場合、火が入りやすくなり、焦がしてしまう恐れがあるから。

2. そのあいだに、シュー皮に取りかかる。オーブンを200℃に予熱。天板2枚にクッキングシート、またはシリコン製のベーキングマットを敷いておく。

3. 大きめのソースパンにバターと水を入れ、弱火にかけてバターを溶かす。中火に強め、沸騰させる。火を止め、小麦粉を一気に流し入れる。シリコン製のゴムベラで手早くかき混ぜる。再び点火して中火にする。絶えずかき混ぜながら2分加熱し、火から下ろす。しっかり溶いた卵を1度に大さじ $^1/_2$ ずつ加え、ハンドミキサーの中速でなめらかになるまで撹拌する。

4. 絞り出し袋に口径1cmくらいの丸口金をつけ、シュー皮の生地を入れる。

5. 13cm程度の長さのエクレアを天板1枚につき12個、少なくと
も4cm間隔を空けて絞り出す。オーブンの上段と下段に天板を
入れ、20分焼く。温度を180℃に下げ、天板の位置と向きを入
れ替えて、さらに20分焼く。その後、10分オーブンに入れた
ままシュー皮を落ち着かせる。それから、ケーキクーラーにの
せて冷ます。

6. カスタードクリーム用の牛乳にしっかり風味がついたら、中火に
かけ、膜が張らないようにときどきかき混ぜながら、沸騰直前ま
で加熱する。沸騰するまでのあいだに、カスタードクリーム用の
卵、卵黄、砂糖、コーンスターチ、塩をボウルに入れて、泡だ
て器でかき混ぜる。牛乳を火から下ろす。牛乳に入っているラ
ベンダーのつぼみをこし器（ストレーナー）でこす。温めた牛乳3/10
カップ（60ml）を、卵を混ぜたものにゆっくり加え、完全に混ぜ
合わせる。同じようにしてもう3/10カップ（60ml）加え、混ぜる。
完全に混ざったものを、残りの牛乳に数回に分けて加え、かき
混ぜる。

7. 中火にかけ、絶えずかき混ぜながら、3分加熱する（わずかにとろ
みがつく）。3分後にふつふつ沸騰しはじめたら、さらに1分かき
混ぜる。1分たつころにはかなりとろみがつく。

8. 火から下ろし、ダマにならないようにさらに1、2分かき混ぜる。
おおいをして60〜90分冷蔵庫で冷やし、完全に冷ます。

9. 冷やしたカスタードクリームをなめらかになるまでかき混ぜる。
カスタードクリームをスプーンですくって口径1cmくらいの丸
口金をつけた絞り出し袋に入れる。シュー皮を縦半分に切り、
クリームを詰める。

10. アイシングを作る。粉糖とレモン汁を混ぜ合わせる。スプーン
でアイシングをすくって振りかけ、上にラベンダーのつぼみを
散らす。

イギリスの大きな領主館（マナーハウス）のガーデン・パーティに！

レモン・ターキッシュ・ディライト

C・S・ルイス著『ライオンと魔女と洋服だんす』より

32個分

砂糖……2 2/5カップ
冷水……9/10カップ（180ml）
ゼラチン……2袋（大さじ1 1/2弱）
レモン汁……小さじ1 1/2
レモン・エキストラクト……小さじ2
黄色の食用色素……2滴
粉糖……3/5カップ
コーンスターチ……3/5カップ

女王が瓶から雪の上にもう一滴たらすと、またたく間に、緑色の絹のリボンを結んだ円い箱が現れた。開けると、最高級のターキッシュ・ディライトがぎっしり詰まっていた。どれも甘くて、中まで軟らかく、エドマンドはこんなにおいしいものをそれまで食べたことがなかった。

　ターキッシュ・ディライトは多くの人を惹きつけてやまない魅惑のお菓子ですが、バラの花びらとピスタチオなど、伝統的な味の組み合わせに恐れをなして、自分で作ってみようという人はなかなかいないのではないでしょうか。でも、このレシピならシンプルなレモン風味なので、初めて作る人も挑戦しやすいはずです。ターキッシュ・ディライトのレシピの多くは非常に複雑で、何時間もぐつぐつ煮込まなければならなかったり、キャンディ用の温度計といった特別な道具が必要だったりしますが、この簡単なレシピでもターキッシュ・ディライトを作れます。秘訣はゼラチンをあとで加えるのではなく、砂糖といっしょに加熱すること。そうすれば、少ない材料、簡単な工程で、甘く、軟らかく、弾力のあるターキッシュ・ディライトが作れます。ターキッシュ・ディライトをきっかけに、ナルニア国のおいしい料理に興味を持っていただけたらうれしいです！

作り方

1. 25×13cmくらいの金属製の角型にたっぷりオイルをスプレーして、打ち粉をする。中くらいのソースパンに砂糖、冷水、ゼラチンを入れ、そっとかき混ぜる。中火にかけ、ときどきかき混ぜながら、砂糖を溶かす。沸騰しはじめたら、すぐに弱火にする（一度沸騰すると、吹きこぼれる恐れがあるので、ソースパンから目を離さない）。かき混ぜずに10分加熱する。かなり泡が立つ。

2. 火から下ろす。レモン汁、レモン・エキストラクト、食用色

素を加え、素早くかき混ぜる。吹きこぼれる恐れがあるので、火傷に注意する。

3. 用意した型に素早く流し入れ、4〜6時間、冷蔵庫で冷やす。

4. 中くらいのボウルに粉糖とコーンスターチを入れ、泡だて器で混ぜ、まな板にたっぷり振りかける。角型の側面に、オイルをスプレーしたよく切れるナイフを差し込み、ひっくり返してまな板に中身を出す（底がくっついて離れない場合は、ナイフを差し込んでゆるめてからひっくり返す）。それを約3cmの角切りにする。くっつくようなら、ナイフにオイルをスプレーする。角切りにしたものを、粉糖とコーンスターチの入ったボウルに入れ、そっとゆすって粉糖をまぶす。

5. すぐに食べられるが、ガラス製の耐熱容器に粉糖とコーンスターチを混ぜた粉を敷き詰め、その上にキャンディを置いてひと晩寝かせると、ちょうどいい硬さになる。

ナルニア国の森をさまよっているアダムとイブの子孫たちに！

レモン・ターキッシュ・ディライト

のっぽのジョンのライム・クッキー

ロバート・ルイス・スティーヴンソン著『宝島』より

20枚分

バター(軟らかくしておく)……120g
グラニュー糖……大さじ2
粉糖……$3/10$カップ
塩……小さじ$1/4$
すりおろしたライムの皮……小さじ1
ライムの果汁……小さじ2
小麦粉……1 $1/5$カップ
ベーキングパウダー……小さじ$1/8$
すりおろしたライムの皮(飾り用)
粉糖(飾り用)……$3/5$カップほど

そこでみんな洞窟に入った……ゆらめく炎にぼんやり照らされ、奥の隅に山と積まれた硬貨と井桁状に置かれた金の延べ棒が見えた。ぼくたちがはるばるここまで探しに来たフリント船長の財宝だった。

　このライム・クッキーは『宝島』にぴったりのデザートです。サクサクの食感、かすかに感じる粉糖の甘さ、ほんのり漂うライムの香り。お節介な船上の給仕係(キャビンボーイ)に宝を奪われてしまったとき、あなたと海賊仲間に慰めを与えてくれること間違いなし!

作り方

1. スタンドミキサーにバター、グラニュー糖、粉糖、塩、すりおろしたライムの皮を入れ、中高速でなめらかになるまで攪拌する。必要ならば、途中でミキサーを止めて、ボウルの側面にくっついた生地をこそげ落とす。ミキサーを作動させたまま、ライムの果汁を加え、混ぜ合わせる。小麦粉とベーキングパウダーを数回に分けて入れ、必要ならば、途中で止めて生地をこそげ落とす。

2. 生地を23cm程度の長さの棒状にまとめる。ラップで包み、冷凍庫で25分休ませる。オーブンを200℃に予熱。

3. 棒状の生地を1.5cm弱の厚さの円盤状に切り分ける。

4. 油を塗っていない天板に切り分けた生地のうちの12枚を約5cm間隔で並べ、生地が固まり、端に焼き色がつくまでオーブンで8〜10分焼く。そのあいだに、残りの生地をラップに包みなおし、次に使うまで冷蔵庫に入れておく。

5. 焼き上がったクッキーを天板にのせたまま5分冷ます。ケーキクーラーに移して、完全に冷ます。

相性のいいお茶
Tea pairing

のっぽのジョンの
アイランド・ブレンド
（P.124）

6. 残りの生地を同様に焼いて、冷ます。
7. 飾り用の粉糖をボウルに入れる。その中に焼き上がったクッキーを入れ、そっとゆすって粉糖をまぶし、上にすりおろしたライムの皮をのせる。

フリント船長の宝を探す合間に！

のっぽのジョンのライム・クッキー

ハッカ・キャンディ

チャールズ・ディケンズ著『クリスマス・キャロル』より

約20個分

砂糖……³/₅カップ
コーンシロップ……大さじ3
水……大さじ2¹/₂
レモン汁……小さじ¹/₄
ミント・エキストラクト……小さじ¹/₂
パステルグリーンのジェル状食用色素
……3滴

>>> 特別な道具
キャンディ用温度計
未使用のゴム手袋
キッチンばさみ

「メリー・クリスマス、伯父さん！」明るく呼びかける声がした。スクルージの甥だった。突然、しかも大急ぎでやってきたので、スクルージは声を聞くまで甥が来たことに気づかなかった。「ふん！　ばかばかしい [原文のhumbugには、"ばかばかしい"のほかにハッカ・キャンディという意味もある]！」とスクルージは言った。

　Humbugはクリスマスに食べられるイギリスの伝統的なハードタイプのハッカ・キャンディです。ここで紹介するレシピは、固まる前にねじることで、1つ1つ違った表情の特別なキャンディになります。ペパーミントの代わりにミント・エキストラクトを使用しているので、香りも味もまろやかになっています。

作り方

1. パン型にたっぷりオイルをスプレーする。

2. 中くらいのソースパンに、砂糖、コーンシロップ、水、レモン汁を入れて、かき混ぜる。強めの中火にかけ、砂糖が溶け、沸騰しはじめるまで絶えずかき混ぜながら加熱する。

3. 中火に弱め、キャンディ用温度計を入れる。150℃になるまでときどきかき混ぜながら加熱する。

4. 火から下ろし、ミント・エキストラクトと食用色素を加え、手早くかき混ぜる。用意しておいた別の鍋に移し、4〜4分半休ませる。

5. 未使用のゴム手袋をはめ、たっぷりオイルをスプレーする。キャンディを引っ張って、ひねり、ロープ状にする。ひねったものを折りたたむ（キャンディはまだ熱いままなので、手早く作業するのがコツ。触れられないくらい熱いときは、さらに30秒鍋で休ませる。しばらくすると、素手で触れられるくらいの温度になる）。

Step 5

Step 6

Step 7

6. キャンディが硬くなってしまったときには、ロープ状にして クッキングシートの上に置いておく。ロープ状のキャンディ を1度に約3cmずつひねり、らせん状にする。

7. オイルをスプレーしたキッチンばさみでひと口サイズにカッ トする。パラフィン紙の上にのせ、完全に冷めて硬くなるま で30分置く。

8. 四角に切ったパラフィン紙で1つずつ包み、包装紙の両端を ひねって結ぶ。

エベネ―ザ・スクルージにこのキャンディを贈り、 元気づけてあげよう！

相性のいいお茶
Tea pairing

ドリンク・ミー
わたしを飲んで
ティー（P.123）

ハートの女王の
赤く塗られたバラのカップケーキ

ルイス・キャロル著『不思議の国のアリス』より

カップケーキ12個分

>>> ケーキ

小麦粉……$3/5$カップ
ココアパウダー……$3/5$カップ
ベーキングパウダー……小さじ$1/2$
重曹……小さじ$1/4$
塩……小さじ$1/4$
バター(軟らかくしておく)……60g
砂糖……$9/10$カップ
バニラ・エキストラクト……小さじ1
卵(常温にしておく)……2個
サワークリーム……大さじ$2\ 1/2$
蒸留小ワイトビネガー……小さじ$3/4$
バターミルク(常温にしておく)……$3/5$カップ
(120ml)
アメリカンチェリーのプリザーブ(砂糖煮)
……$3/10$カップ+大さじ2

>>> フロスティング

バター(軟らかくしておく)……180g
粉糖……$3\ 3/5$カップ
牛乳……大さじ3
バニラ・エキストラクト……小さじ$1\ 1/2$
赤のジェル状食用色素……8〜10滴

>>> 特別な道具

フルーツくり抜き器(メロン・ボーラー)
絞り出し袋
大きめの星の口金

庭園の入り口に大きなバラの木がありました。咲いているのは白いバラでしたが、庭師3人がせっせと赤く塗っていました。アリスにはそれがとても奇妙なことに思えました……

チョコレートケーキ、アメリカンチェリーの詰め物、2色のバタークリームで作ったバラの花――素敵でしょう?　バラの花のデコレーションをする前に、絞り出し袋に入れたフロスティングにジェル状の食用色素を加えると、鮮やかな赤い筋を入れることができます。

作り方

1. オーブンを180℃に予熱。カップケーキの型に敷き紙を敷く。中くらいのボウルに砂糖をのぞく、粉類をすべて入れ、かき混ぜる。

2. 大きめのボウルにバターを入れ、ハンドミキサーの中速でなめらかになるまで撹拌する。砂糖とバニラ・エキストラクト、卵を1個ずつ加えて混ぜ、サワークリームとホワイトビネガーを加えたら、1の粉とバターミルクを交互に入れ、混ぜ合わせる。

3. 型の半分まで生地を流し入れ、15〜17分焼く。爪楊枝を刺して何もついてこなければOK。カップケーキをケーキクーラーに移して冷ます。

4. カップケーキが冷めたら、生地の中央をくり抜き器で大さじ$1/2$程度くり抜く。開いた穴にアメリカンチェリーのプリザーブ(砂糖煮)を詰める。

5. フロスティングを作る。中くらいのボウルに粉糖をふるい入れておく。スタンドミキサーにバターを入れ、なめらかにな

るまで攪拌する。そこに粉糖1 $1/5$カップを加え、ふわりと
するまで混ぜる。さらにバニラ・エキストラクト、牛乳大さ
じ1を加え、残りの粉糖と牛乳を交互に入れて、攪拌する。

6. 大きめの星の口金をつけた絞り出し袋に、大きめのスプーン
でたっぷりすくったフロスティングを入れる。食用色素を2
滴加える。さらに、フロスティングをスプーン2杯分入れ、
食用色素を2滴加える。この作業を絞り出し袋がいっぱいに
なるまで続ける。絞り出し袋の何箇所かを手でもんで、マー
ブル模様になるようにする。カップケーキの中央から外に向
かってらせん状に絞り出す。

バラを赤く塗りかえた長い午後の一服に！

ロミオのため息とジュリエットのキス

ウィリアム・シェイクスピア著『ロミオとジュリエット』より

サンドイッチ・クッキー22個分

>>> ロミオ・クッキー
バター（軟らかくしておく）……120g
粉糖……³/₁₀カップ
グラニュー糖……³/₁₀カップ
塩……小さじ¹/₄
アーモンド・エキストラクト……小さじ³/₄
牛乳……大さじ2
小麦粉……1 ¹/₅カップ
ベーキングパウダー……小さじ¹/₈

>>> ジュリエット・クッキー
小麦粉……⁹/₁₀カップ
ココアパウダー……³/₁₀カップ
ベーキングパウダー……小さじ¹/₈
バター（軟らかくしておく）……120g
粉糖……³/₁₀カップ
グラニュー糖……³/₁₀カップ
塩……小さじ¹/₄
バニラ・エキストラクト……小さじ1
牛乳……大さじ2
ローストしたアーモンド（細かく砕いておく）
……³/₁₀カップ

>>> フィリング
製菓用チョコレート（ビタースイート）……
³/₅カップ
バター……大さじ2
ローストしたアーモンド（細かく砕いておく）
……³/₅カップ

>>> 特別な道具
二重鍋

愛しの人がやってきて、わたしが死んでいるのを見つける夢を見た──奇妙な夢だった。死人が考えごとをするとは！──わたしは唇にキスをされて息を吹き返し、蘇って皇帝となった。
──第5幕第1場

　現代のヴェローナでは、ローストしたアーモンドとチョコレートをサンドしたクッキーは、シェイクスピアの戯曲の登場人物に敬意を表し、イタリア語でSospri di Romeo and Baci di Gulietta（ロミオのため息とジュリエットのキス）という名前で、菓子店で売られています。アーモンド・クッキーとチョコレート・クッキーをいっしょにして袋入りで売られているのが一般的ですが、その2つをサンドしているクッキーを売っている店が何軒かあり、気に入ったのでこのようなレシピを作りました。

作り方

1. ロミオのクッキーを作る。スタンドミキサーのボウルにバター、砂糖類、塩を入れ、なめらかになるまで攪拌する。ミキサーを作動させたまま、アーモンド・エキストラクトと牛乳を加え、必要ならば、ボウルの側面にくっついた生地をこそげ落とす。小麦粉とベーキングパウダーを混ぜたものを数回に分けて入れ、攪拌する。生地を23cmくらいの長さの棒状にまとめ、ラップできっちり包む。

2. ジュリエットのクッキーを作る。小さめのボウルに、小麦粉、ココアパウダー、ベーキングパウダーを入れ、ざっと混ぜ合わせておく。スタンドミキサーのボウルに、バター、砂糖類、塩を入れ、なめらかになるまで攪拌する。ミキサーを作動させたまま、バニラ・エキストラクトと牛乳を加え、そのあと、

相性のいいお茶
Tea pairing

恋人たちの
お茶(P.125)

粉を数回に分けて入れて、最後に砕いたアーモンドを加え、さらに攪拌する。生地を23cmくらいの長さの棒状にまとめ、ラップできっちり包む。

3. 2つの棒状の生地を冷凍庫で25分休ませる。オーブンを200℃に予熱。

4. アーモンドの生地のラップをはずし、チョコレートの生地を冷蔵庫に移す。アーモンドの生地を厚さ1.5cmほどの円盤状に切り分け、クッキングシートを敷いた天板に並べて8分焼く。天板にのせたまま5分冷まし、ケーキクーラーに移して完全に冷ます。チョコレートの生地も同様に焼く。

5. サンドする中身を作る。製菓用チョコレートとバターを二重鍋で湯せんし、なめらかになるまでかき混ぜる。アーモンドを砕いたものを加え、さらにかき混ぜる。

6. チョコレート・クッキーをすべてひっくり返し、底が上になるようにする。それぞれのクッキーに5を小さじ1/2程度塗る。上に白いクッキーをそっと重ねる。

最愛の人とヴェローナの通りをそぞろ歩きながらどうぞ！

セーラ・クルーのローズケーキ

フランシス・ホジソン・バーネット著『小公女』より

ミニ・レイヤーケーキ6個分、あるいはカップケーキ12個分

>>> ケーキ
小麦粉……1 $1/5$ カップ
ベーキングパウダー……小さじ$1/2$
重曹……小さじ$1/4$
塩……小さじ$1/4$
バター(軟らかくしておく)……60g
砂糖……$9/10$カップ
バニラ・エキストラクト……小さじ1
卵白(常温にしておく)……2個分
サワークリーム……大さじ2 $1/2$
蒸留ホワイトビネガー……小さじ$3/4$
バターミルク(室温にしておく)……$3/5$カップ
(120ml)

>>> フロスティング
粉糖……3 $3/5$ カップ
バター(軟らかくしておく)……180g
ラズベリー・エキストラクト…… 小さじ1$1/2$
牛乳……大さじ3
ピンクの食用色素

>>> デコレーション
バラとデイジーの白のアイシング(市販のアイシングのサイズによって入っている量が異なる)
ホワイトパールのカラースプレー(バラの花のアイシングとアイシングのあいだに3個ずつ必要)
飾り用の造花

セーラは戸棚を開け、大きく切り分けたケーキを差し出した……ベッキーは感嘆のあまり言葉を失った。そのあと、うっとりしたような声で言った。「一度王女さまを見たことがあります……大人の若い女性でしたけれど、全身ピンクの服を着ていました。外套も、ドレスも花もピンクでした。お嬢さまがテーブルに着いていらっしゃるのを見た瞬間、王女さまのことを思い出したんです。お嬢さまは王女さまに似ていらっしゃいます」

　わたしは『小公女』で、ベッキーとセーラのあいだに友情が育まれていくのが好きです。メイドのベッキーは内気で、セーラの前ではいつもおどおどしています。いっぽうのセーラも、慣れない国にひとりでやってきて孤独でした。セーラはベッキーがひもじい思いをしているのに気づき、なんでも分け合って食べるようになります。その最初がこのケーキです（ベッキーが本物の王女さまが着ているのを見たと話したバラ色のドレスをモチーフにこのレシピを考えました）。ベッキーはセーラの優しさに感動して閉ざしていた心を開き、ふたりは互いにもっとも必要としていた友情を育んでいきます。

作り方

1. オーブンを180℃に予熱。カップケーキ型に敷き紙を敷く。
2. ケーキを作る。中くらいのボウルに、砂糖をのぞく粉類をすべて入れ、混ぜ合わせる。
3. 大きめのボウルに、バターを入れ、ハンドミキサーの中速でなめらかになるまで攪拌する。砂糖、バニラ・エキストラクトを加えて混ぜ合わせる。卵白を1度に1個分ずつ入れ、よく混ぜ合わせる。サワークリームとホワイトビネガーを加え、混ぜたら、粉類とバターミルクを数回に分けて交互に入れ、

混ぜ合わせる。

4. 紙製のカップケーキの型の半分まで生地を流し入れ、オーブンで15分焼く。中央に爪楊枝を刺して何もついてこなければOK。カップケーキをケーキクーラーにのせる。完全に冷めたら、カップをはずす。

5. フロスティングを作る。中くらいのボウルに粉糖をふるい入れておく。スタンドミキサーのボウルにバターを入れ、中速でなめらかになるまで攪拌する。粉糖1 $1/5$ カップを加え、ふわりとするまでかき混ぜる。ラズベリー・エキストラクト、牛乳大さじ1を加え、残りの粉糖と牛乳を交互に数回に分けて入れ、かき混ぜる。希望の色になるまでピンクの食用色素を加え、かき混ぜる。

6. カップケーキの上面を平らにする。半分（6個）をさかさまにし、上にフロスティングを塗る。残りの半分（6個）をさかさまにして、フロスティングを塗ったカップケーキの上にのせる。ミニ・レイヤーケーキが6個完成する。

7. ケーキの外側にフロスティングを施す。写真のケーキにあるような装飾的な垂直の線は、フロスティングを塗ってならしたあと、ケーキの側面にアイシング・ナイフを縦に動かして作る。どんなフロスティングのテクニックを使ってもかまわないが、がんばりすぎず、シンプルなものがお勧め。

8. ケーキの上部側面をデイジーのアイシングで囲む。側面の下の部分にはバラのアイシングを等間隔に飾り、隙間にカラースプレーを3個ずつつける。てっぺんに造花を飾る。

新しい友だちに！

トム・ソーヤの水漆喰を塗った
ミニ・ジャム・ドーナツ

マーク・トウェイン著『トム・ソーヤの冒険』より

48個分

活性ドライ・イースト……1袋(7g)
砂糖……大さじ2 $\frac{1}{2}$
牛乳(人肌に温めておく)……$\frac{4}{5}$カップ
(160ml)
無塩バター……90g
小麦粉……4 $\frac{1}{5}$カップ
サワークリーム……1 $\frac{1}{5}$カップ
卵……1個
コーシャーソルト……小さじ$\frac{1}{4}$
シナモン……小さじ$\frac{1}{2}$
アーモンド・エキストラクト……小さじ$\frac{1}{4}$
植物油(揚げ油)
種なしのラズベリージャム……約170g
粉糖(振りかける用)……$\frac{3}{10}$カップ

>>> 特別な道具
丸型のクッキー型(約5cm)

「仕事じゃないのか?」
トムは水漆喰塗りを再開し、さらりと言った。
「仕事といえば、仕事かもしれないし、仕事じゃないといえば、仕事じゃないかもしれない。わかっているのは、トム・ソーヤにふさわしいっていうことだけさ」

　主人公の名前を冠したこの物語は、トムがおばさんのキッチンの戸棚からジャムを盗み食いしているのを見つかるところから始まります。そのあとには、友だちをだまして柵に水漆喰を塗らせています。2つの出来事から、粉糖をまぶしたゼリー・ドーナツのレシピを思いつきました。結局のところ、ドーナツに関しては、どんな言い訳も許されます!

作り方

1. 小さめのボウルにイースト、砂糖、牛乳を入れ、そっと混ぜ合わせる。15分休ませる。

2. バターを電子レンジで加熱する。スタンドミキサーのボウルに、軟らかくしたバター、小麦粉、サワークリーム、卵、塩、シナモン、アーモンド・エキストラクト、1を入れ、パドル・アタッチメントを装着して、中低速で1〜2分攪拌する。

3. 大きめのボウルに軽くオイルをスプレーする。2の生地をボウルに移し、清潔な布巾をかぶせる。暖かい場所で1〜2時間休ませる。

4. 大きめの鍋に植物油を底から8〜10cm程度入れる。中火で熱し、生地の断片を入れたときにジューッと音がするまで加熱する。

5. 油が温まるのを待つあいだ、打ち粉をした台に生地の半量を

相性のいいお茶
Tea pairing

ベッキーのホワイト・
ピーチ・ティー〈P.121〉

取り出して、1cmくらいの厚さに伸ばし、直径5cmほどの丸型
のクッキー型で抜く。

6. 残りの半量の生地も同様に抜く。余り生地もまとめ、同様に抜
く。

7. 抜いた生地をこんがりきつね色になるまで、両面を1〜2分揚
げる。揚がったドーナツは天板の上に置いたケーキクーラーに
置く。

8. 絞り出し袋にジャムを詰める。ドーナツに切れ目を入れ、ジャ
ムをはさむ。上から粉糖をまぶす。

柵に水漆喰を塗ってくれた働き者の子どもたちへのごほうびに!

トム・ソーヤの水漆喰を塗った ミニ・ジャム・ドーナツ

Homemade Tea Blends

自家製ブレンドティー

ティーブレンダーはどうやってあんなにおいしくて、複雑な味わいのお茶のブレンドを思いつくのだろうと思ったことはありませんか？　お茶のブレンドは実はとっても簡単で、自宅のキッチンでもできます。ベーシックなフレーバーを2、3選び、茶葉の量を変えてみて、気に入った味を見つけることから始めてみましょう。

　　物語をもとにしてお茶のブレンドを考えるとき、わたしは物語を象徴するものからインスピレーションを得ています。それは『トム・ソーヤの冒険』のベッキーのような登場人物のこともあれば、『ピーター・パン』の導く星だったりします。どんなフレーバーが合うだろうとあれこれ考え、実験を繰り返します。なかなかこれだと思える味に出会えず、苦労するときもありますが、それがまた楽しいのです！

お茶に関するメモ

「おいしいお茶」と言っても、味の好みは人それぞれ。お茶の淹れ方、飲み方に厳密なルールはありません。この本で指定している茶葉の量、水の温度、砂糖を加えるかどうかは、あくまでも参考程度に考えてください。

　わたしは濃く淹れた紅茶に砂糖とミルクを入れて飲むのが好きですが、緑茶やハーブティーをサン・ティー［水出しする際に陽光を当てる方法］にして飲むときはハチミツを入れます。とはいえ、好みは分かれるかもしれません。

　覚えておいてほしいのは、お茶の飲み方に正解も不正解もないということ。あなたがおいしいと思えば、それでいいのです。

淹れ方

紅茶／チャイ／ラプサンスーチョン／マテ茶：ホットで楽しむ方法。
やかんで沸かした熱湯に茶葉を小さじ1〜2杯入れ、3〜5分蒸らす。砂糖やミルクはお好みで。マグカップで3〜6杯分の分量。

緑茶／ハーブティー／ウーロン茶／白 茶（ホワイトティー）：サン・ティーで楽しむ方法。
密閉できる透明なピッチャーに冷水を9 $\frac{3}{5}$ カップ（約1920ml）入れ、茶葉を入れて4時間、水出しする（そのあいだ、できればピッチャーは日なたに置いておく）。砂糖やハチミツはお好みで。ティーカップ8杯分の分量。

注意：「バニラ」「クリーム」と書かれているのは、お茶のフレーバーのことで、エキストラクトや乳製品のことではありません。何種類かのお茶をブレンドしたものは、大部分を占める素材の名称になっています（使われている茶葉の種類はすべて明記）。

修道院長の
チョコレート・ヘーゼルナッツ・ティー

ブライアン・ジェイクス著〈レッドウォール伝説〉シリーズより

紅茶

チョコレート……小さじ2
ハニーブッシュ……小さじ2
ヘーゼルナッツ……小さじ1
クリーム……小さじ1

モスフラワーの森を長々と歩きまわったあとで飲む、クリームの風味をかすかに感じるチョコレート・ヘーゼルナッツのブレンドは、レッドウォール修道院の1日を締めくくるのにぴったりなリラックスできる味。

相性のいい一品

ナッツのキャラメリゼ、
メドウクリーム添え
(P.79)

アリエッティの桜の木のお茶

メアリー・ノートン著『床下の小人たち』より

緑茶

チェリー……小さじ4
ラズベリー……小さじ2

アリエッティが初めてお父さんと"借り"に行った日に見た花の咲いた桜の木をイメージして作りました。初夏を思わせる甘いブレンドは、あなたをアリエッティの世界に誘ってくれるでしょう。

相性のいい一品

アナグマの巣の
サラダ(P.15)、アリエッティの
ミニ・チェリー・ケーキ
(P.71)

ベッキーのホワイト・ピーチ・ティー

マーク・トウェイン著『トム・ソーヤの冒険』より

ホワイトティー

ピーチ……小さじ3 $\frac{1}{2}$
ストロベリー……小さじ2 $\frac{1}{2}$

新鮮なピーチと太陽の光を浴びて熟したイチゴをブレンドした優しい甘さの爽やかなお茶。トム・ソーヤとの夏の冒険のあとに飲むのにぴったりです。

相性のいい一品

トム・ソーヤの水漆喰の
ミニ・ジャム・ドーナツ
(P.116)

ビルボの朝食の１杯

J・R・R・トールキン著『ホビット　ゆきてかえりし物語』より

紅茶

チェストナット……小さじ3
イングリッシュ・ブレックファスト……小さじ2
クリーム……小さじ1

ホビットの家で食事をしながら飲む、イングリッシュ・ブレックファスト、ナッツ、クリームのほっとひと息つけるブレンド。

相性のいい一品
ビヨンのハニーナッツ・バナナブレッド（P.55）、竜のうろこのマドレーヌ（P.86）

スクルージとのクリスマスの１杯

チャールズ・ディケンズ著『クリスマス・キャロル』より

紅茶

チェストナット……小さじ3
ジンジャーブレッド……小さじ3

クリスマス気分を盛り上げてくれるチェストナットとジンジャーブレッドのブレンドは、イブの夜に冷えた体を温めてくれるでしょう。

推論：シャーロック・ティー

アーサー・コナン・ドイル著〈シャーロック・ホームズ〉シリーズより

ロースト・マテ茶

ロースト・マテ……小さじ3
ヘーゼルナッツ（紅茶）……小さじ2
ラプサンスーチョン……小さじ1

ヘーゼルナッツとかすかに感じる燻したようなにおいがヴィクトリア朝のロンドンを彷彿とさせます。

相性のいい一品
シャーロックのステーキ・サンドイッチ（P.47）、ブラッドオレンジ・スコーン（P.59）

ママOK？　以下同

自家製ブレンドティー

わたしを飲んでティー

ルイス・キャロル著『不思議の国のアリス』より

ホワイトティー
ピオニー……小さじ4
洋ナシ……小さじ2

牡丹をブレンドしたかすかにフルーツの味と香り
を感じる繊細なホワイトティー。白いバラを赤く
塗ったあとの疲れを癒してくれる1杯。

相性のいい一品

バタつきパンチョウ(P.19)、
ハートの女王の赤く塗られた
バラのカップケーキ
(P.109)

エメラルド・シティ・ティー

ライマン・フランク・ボーム著『オズの魔法使い』より

ハーブティー
ペパーミント……小さじ2 1/2
スペアミント……小さじ1 3/4
レモングラス……小さじ1 3/4

かかとを3回打ち鳴らし、このミントとレモング
ラスのブレンドティーがもう1杯出てくるのを願
いしましょう。

相性のいい一品

サイクロン・
クッキー(P.75)

百エーカーの森のお茶

A・A・ミルン著『クマのプーさん』より

紅茶
ヘーゼルナッツ……小さじ2 1/2
ハニーブッシュ……小さじ2 1/2
バニラ……小さじ 1/2
クリーム……小さじ 1/2

甘いハニーブッシュとトーストに似た香りのヘー
ゼルナッツにクリームがほんの少し。大好きなク
マさんと午後の楽しいひとときを。

相性のいい一品

ピグレットのための
ドングリ(P.33)、イーヨーの
バースデーケーキ(P.89)

ジョーのジンジャーブレッド・ティー

ルイーザ・メイ・オルコット著『続・若草物語』より

紅茶

ジンジャーブレッド……小さじ3
ジンジャー……小さじ2
クリーム……小さじ1

ジンジャーブレッド・クッキーを思わせる甘いスパイスのきいた1杯。愛すべき4人姉妹に乾杯！

相性のいい一品

ハンナのマフ（P.31）、
ジョーのジンジャーブレッド
（P.96）

ローンウルフ・ティー

ジャック・ロンドン著『白い牙』より

ラプサンスーチョン

ラプサンスーチョン……小さじ
1$^1/_2$
ハニーブッシュ……小さじ1$^1/_2$
バニラ（紅茶）……小さじ1$^1/_2$
クリーム（紅茶）……小さじ1$^1/_2$

燻したようなにおいのする中国茶にハニーブッシュ、バニラ、クリームをブレンドして飲みやすくしました。キャンプファイヤーや山の小道を思わせるお茶です。

相性のいい一品

北極の道コーヒー・
マフィン（P.53）

のっぽのジョンの
アイランド・ブレンド

ロバート・ルイス・スティーヴンソン著『宝島』より

ハーブティー

ピニャコラーダ・ティー……
小さじ3 $^1/_2$
マンゴー・ティー……小さじ2$^1/_2$

軽くてトロピカルなブレンドを飲めば、家にいながらにして島の生活を体験できます……本と同じく！

相性のいい一品

のっぽのジョンの
ライム・クッキー（P.104）

恋人たちのお茶

ウィリアム・シェイクスピア著『ロミオとジュリエット』より

紅茶

チョコレート……小さじ3
ストロベリー……小さじ2 $^1/_2$
クリーム……小さじ$^1/_2$

伝統的なチョコレートとストロベリーのフレーバーがロマンティックな1杯。

相性のいい一品

ロミオのため息と
ジュリエットのキス(P.111)

マスカレード・ティー

ガストン・ルルー著『オペラ座の怪人』より

紅茶

チョコレート……小さじ3
ラズベリー……小さじ2 $^1/_2$
クリーム……小さじ $^1/_2$

チョコレートとラズベリーの濃厚なフレーバーに浸ってください。

相性のいい一品

デビルズ・オン・ホースバック
馬に乗った悪魔:
デーツのベーコン巻き
(P.29)

ミス・メアリの
ガーデン・ブレンド

フランシス・ホジソン・バーネット著『秘密の花園』より

紅茶

アールグレイ……小さじ3
ローズ……小さじ1 $^1/_4$
ストロベリー……小さじ1 $^1/_4$
ラベンダーのつぼみ……
小さじ$^1/_2$

ミセルスウェイト邸最大の秘密！ アールグレイ、甘いローズティー、ほのかなストロベリーのフレーバーが、ティーカップに夏の花園を出現させます。

相性のいい一品

キャンディ・フラワー・クッキー
(P.73)、ラベンダー・レモン・
エクレア(P.99)

永遠のティー

ハワード・パイル著『The Story of King Arthur and His Knight(アーサー王と騎士たちの物語)』より

ホワイトティー

ピオニー……小さじ4
ブルーベリー……小さじ2

伝説のアヴァロン島にインスパイアされたブレンド。フレッシュなフローラルとフルーツのフレーバーが伝説の島を連想させます。永遠の王が長い眠りから覚めるのを待つあいだにどうぞ。

ポアロのチョコレート・マテ茶

アガサ・クリスティー著〈エルキュール・ポアロ〉シリーズより

ロースト・マテ茶

ロースト・マテ……小さじ3
チョコレート(紅茶)……小さじ2
ヘーゼルナッツ(紅茶)……小さじ1

チョコレート好きで知られるエルキュール・ポアロにインスパイアされたロースト・ナッツとチョコレート・ティーのブレンド。

相性のいい一品

ミス・マープルの"ポケットにライ麦を"ティー・サンドイッチ(P.34)、美味なる死のケーキ(P.83)、エルキュール・ポアロのクレーム・ド・マント・トリュフ(P.95)

小公女セーラのチョコレート・チャイ

フランシス・ホジソン・バーネット著『小公女』より

チャイ

マサラ・チャイ……小さじ2
チョコレート(紅茶)……小さじ2
バニラ(紅茶)……小さじ1
シナモン(紅茶)……小さじ$1/2$
クローブ(粒)……小さじ$1/2$

スパイスのきいたチョコレートとマサラ・チャイのブレンドを飲みながら、セーラ・クルーのインドの話に耳を傾けましょう。

相性のいい一品

ブラックベリー・レモン・スイートロール(P.57)

大鴉は言った

エドガー・アラン・ポー作『大鴉』より

紅茶
アールグレイ……小さじ3 $1/2$
ブラックベリー……小さじ1 $1/2$
クリーム……小さじ $1/2$
バニラ……小さじ $1/2$

アールグレイとブラックベリーとクリームの組み合わせは、真夜中に物思いにふけるお供にぴったりです。

ラズベリー・コーディアル・ティー

ルーシー・モード・モンゴメリー著『赤毛のアン』より

紅茶
ラズベリー……小さじ3 $1/2$
チェリー……小さじ2 $1/2$

アン・シャーリーの大好きな飲み物にインスパイアされたブレンド。グリーン・ゲイブルズの生活がよみがえってきます。

相性のいい一品

詩的なエッグサラダ・
サンドイッチ
（P.43）

右から2番目の星

J・M・バリ著『ピーター・パン』より

紅茶
アールグレイ……小さじ3 $3/4$
バニラ……小さじ1
クリーム……小さじ1
ラベンダーのつぼみ……小さじ $1/4$

ネバーランドの夢を見られること間違いなしのブレンド。

相性のいい一品

フェアリー・ダスト・
スター・クッキー
（P.91）

夏のピーチ・ティー

ロアルド・ダール著『おばけ桃が行く』より

ウーロン茶

ピーチ・ウーロン……小さじ3½
アプリコット（緑茶）……小さじ2½

おばけ桃に乗ってイギリスからはるばるニューヨークに飛ぶ前に1杯。

相性のいい一品

ビッグアップル・
ハンドパイ（P.17）

タムナスさんとのお茶

C・S・ルイス著〈ナルニア国物語〉シリーズより

紅茶

クランベリー……小さじ3
アーモンド……小さじ2
チョコレート……小さじ1

ナルニア国の長い冬の話をじっくり腰を落ち着けて聞くときにぴったりなクランベリーとアーモンドのブレンド。

相性のいい一品

命のリンゴ（P.13）

Tea Alternatives
そのほかの飲み物

お茶はあまり好きではない方もいると思いますが、お茶以外にも、ティータイムに楽しめる飲み物はたくさんあります。中でも、ホットチョコレートは今も昔も変わらず人気です。ほかにもサイダー、パンチ、コーヒー、数えたらきりがありません。お茶が好きという方も、新しいもの──例えば、ティー・ラテを試してみてはいかがでしょうか?

　おいしいものを食べ、おいしい飲み物を飲んでリラックスするのがティータイムの本来の目的です。あなたが楽しい気分になれれば、それでいいのです!

秋の味覚のサイダー

ブライアン・ジェイクス著〈レッドウォール伝説〉シリーズ
『Triss（トリス）』より

7 $\frac{1}{5}$ カップ（1440ml）

リンゴ（フジ）……6個
リンゴ（グラニースミス）……2個
オレンジ（皮をむいておく）……2個
シナモンスティック（半分に折っておく）……
2本

パンプキンパイ・スパイス……小さじ4
クローブ（粒）……小さじ1$\frac{1}{2}$
水……8 $\frac{2}{5}$ カップ（約1700ml）
バタースコッチ・ソース……$\frac{4}{5}$ カップ

>>>特別な道具
スロークッカー
ステンレス製のこし器（ストレーナー）

出されていたのは主にサイダーだったが、種類がたくさんあった。ダムソンスモモ、プラムとリンゴ、タンポポとゴボウを混ぜたもの……挙げたらきりがない。そのあと、空になった樽が転がされ、太鼓の代わりになった。ブタの奥さんがアシの笛で牧歌的なメロディーを奏で、体格のいい農夫たちが美しいテノールで歌い……

　秋といえばサイダー。甘酸っぱいリンゴに、バタースコッチとパンプキンパイのフレーバーを加えました。

作り方

1. リンゴを8等分、オレンジを4等分する。種の部分は取りのぞく。

2. バタースコッチ・ソースをのぞくすべての材料をスロークッカーに入れ、リンゴが軟らかくなるまで強で5時間加熱する。

3. 液状になった2をこし器（ストレーナー）でこす。ピッチャー、またはパンチボウルに移すか、スロークッカーに戻して保温する。バタースコッチ・ソースを加え、よくかき混ぜる。

レッドウォールの祝宴で、温かいものを心優しき動物たちに振る舞おう！

百エーカーの森のホットチョコレート

A・A・ミルン著『プー横町にたった家』より

6カップ（1200ml）

ココアパウダー……²/₅カップ
インスタントコーヒー……小さじ¹/₂〜1
シナモン……小さじ1
バニラ・エキストラクト……小さじ¹/₂
キャラメルソース……⁹/₁₀カップ
ハーフ・アンド・ハーフ……2 ²/₅カップ
（480ml）
牛乳……2 ²/₅カップ（480ml）
ホイップクリーム、シナモン（お好みで）

風は今や向かい風になっていました。懸命に前に進もうとするピグレットの耳は旗のように後ろにはためき、ようやく百エーカーの森の避難所に耳ともどもたどり着いたときには、何時間もたったように思えました……

　強い風が吹き荒れる日、このシナモン・キャラメル・ホットチョコレートを飲めば、体の芯まで温まります。

作り方

1. 中くらいのソースパンに上から5番目までの材料を入れ、ココアパウダーが完全にキャラメルと混ざり、とろりとして粘りけが出てくるまでよくかき混ぜる。
2. 乳製品を数回に分けて加え、なめらかになるまでかき混ぜる。ゴムベラで鍋の底や側面からすくい取るようにしてよくかき混ぜる。
3. 鍋を中火にかけ、1分おきにかき混ぜながらホットチョコレートから湯気が立つまで6〜8分加熱する。
4. ホイップクリームをのせ、シナモンを振りかける。

　肌寒い秋の日にプーさんと仲間たちに！

SHERLOCK
HOLMES
The Complete Novels and Stories

Volume I

SIR AR'
CONAN

ロンドンの霧ラテ

アーサー・コナン・ドイル著『ぶな屋敷』より

6カップ（1200ml）

牛乳……1¹/₅カップ（240ml）
アールグレイ（ティーバッグ）……4袋
ココナッツ・エキストラクト……小さじ1
ハチミツ……³/₁₀カップ

肌寒い早春の朝のことだった。わたしたちは朝食のあと、ベーカー街のいつもの部屋で燃え盛る暖炉の両脇に座っていた。濃い霧が立ち込め、灰褐色の家々の境がかすみ、黄色く渦巻く靄を通して向かいの窓が黒くぼやけて見えた……

　ハチミツの優しい甘さ、コクがあり、ベルベットのようになめらかな泡が主役のアールグレイ・ラテ。

作り方

1. やかんで沸かした熱湯4⁴/₅カップ（約960ml）の中にティーバッグを7分浸す。そのあいだに、牛乳をソースパンに入れ、弱火でときどきかき混ぜながら温める。

2. 紅茶、ココナッツ・エキストラクト、ハチミツをミキサーに入れる。温めた牛乳を半量ずつ入れ、1分間攪拌する。残りの牛乳を加え、さらに1分攪拌する。

　ロンドンのミステリアスな霧の日に！

ラズベリー・コーディアル

ルーシー・モード・モンゴメリー著『赤毛のアン』より

4 $4/_5$カップ(960ml)

ラズベリー(生)……4 $4/_5$カップ
砂糖……1$1/_5$カップ
水……3カップ(600ml)

>>>特別な道具
ステンレス製のこし器(ストレーナー)

アンが台所から戻ってくると、ダイアナは2杯目のコーディアルを飲んでいた。アンに勧められたこともあり、3杯目を飲むのに遠慮はなかった。タンブラーになみなみと注がれたラズベリー・コーディアルは本当においしかった。

　アン・シャーリーのラズベリー・コーディアルがどんな味なのか興味があるなら、自分で作ってみましょう。簡単に作れますし、フルーツはどんなものでもOK。いろいろな味を試してみましょう。

作り方

1. 材料を中くらいのソースパンに入れ、強火にかける。砂糖が溶けるまでよくかき混ぜる。沸騰したら弱火にし、ときどきかき混ぜながら5分間、ラズベリーが軟らかくなり、実がほぐれるまで煮詰める。

2. 火を止め、1をざっとつぶし、大きめのメイソン・ジャーか蓋つきのピッチャーにこし器(ストレーナー)でこす。スプーンで種を数回強く押し、果汁を絞り出す。

3. ピッチャーの蓋をして、冷蔵庫で1〜2時間冷やし、完全に冷ます。

午後に訪ねてきた親友に!

NOTE 冷やしたジンジャーエール4 $4/_5$カップ(約960ml)、冷やしたホワイトグレープジュース2 $2/_5$カップ(480ml)を混ぜると、ラズベリー・コーディアル・パンチになる。

白の魔女のホットチョコレート

C・S・ルイス、『ライオンと魔女と洋服だんす』より

6カップ弱(1200ml)

牛乳……4 4/5カップ(約960ml)
ホワイトチョコレート・チップ……1 1/5 カップ
アーモンド・エキストラクト……小さじ1/2
塩……2つまみ
ホワイト・ラム……3/10カップ(60ml)(お好みで)

女王は包みのどこかからとても小さな瓶を取り出し……。ソリの横の雪の上に瓶から一滴たらした。エドマンドはしずくが一瞬、空中でダイヤモンドのように光り輝くのを見た。ところが雪に触れたとたん、シューッという音がして、宝石をちりばめたカップが現れた。カップには湯気の立つ何かがなみなみと注がれていた……。今まで味わったことのないような味で、甘く、泡立っていて、クリームのようになめらかで、足先まで温まった。

　アーモンド・エキストラクトと少量のホワイト・ラムで味つけしたホワイト・ホットチョコレート。ナルニア国の長い冬のあいだあなたの体を温めてくれるでしょう。

作り方

1. ラムをのぞくすべての材料をソースパンに入れ、弱めの中火にかける。

2. チョコレートが溶けるまでかき混ぜる。チョコレートが鍋の底にくっつかないようにときどきかき混ぜながら沸騰させる。

3. 火から下ろし、ホワイト・ラムを加えてかき混ぜる。

ナルニア国の雪原を行くソリの上でどうぞ！

参考図書

- ルイーザ・メイ・オルコット『若草物語』 麻生九美訳 光文社 2017
- ルイーザ・メイ・オルコット『続 若草物語』 吉田勝江訳 KADOKAWA 2008
- J・M・バリ『ピーター・パン』 厨川圭子訳 岩波書店 2000
- ライマン・フランク・ボーム『オズの魔法使い』 河野万里子訳 新潮社 2012
- フランシス・ホジソン・バーネット『小公女』 畔柳和代訳 新潮社 2014
- フランシス・ホジソン・バーネット『秘密の花園』 畔柳和代訳 新潮社 2016
- ルイス・キャロル『不思議の国のアリス』『鏡の国のアリス』 河合祥一郎訳 KADOKAWA 2010
- アガサ・クリスティー『ヒッコリー・ロードの殺人』 高橋豊訳 早川書房 2004
- アガサ・クリスティー『ミス・マープルの名推理 予告殺人』 羽田詩津子訳 早川書房 2020
- アガサ・クリスティー『ポケットにライ麦を』 山本やよい訳 早川書房 2020
- ロアルド・ダール『おばけ桃が行く』 柳瀬尚紀訳 評論社 2005
- チャールズ・ディケンズ『クリスマス・キャロル』 村岡花子訳 新潮社 2011
- アーサー・コナン・ドイル『ぶな屋敷』:『シャーロック・ホームズの冒険』に収録 石田文子訳 KADOKAWA 2010
- アーサー・コナン・ドイル『五つのオレンジの種』:『シャーロック・ホームズの冒険』に収録 石田文子訳 KADOKAWA 2010
- アーサー・コナン・ドイル『海軍条約文書事件』:『シャーロック・ホームズの思い出』に収録 延原謙訳 新潮社 1953
- ジェフリー・オヴ・モンマス『マーリンの生涯』 瀬谷幸男訳 南雲堂フェニックス 2009
- Brian Jacques, The Legend of Luke. New York: Ace Books, 2001
- Brian Jacques, and Sean Rubin. The Rogue Crew. New York: Philomel Book, 2011

● Brian Jacques, and David Elliot. Triss. New York: Philomel Books, 2002
● ガストン・ルルー『オペラ座の怪人』 村松潔訳　新潮社　2022
● Ｃ・Ｓ・ルイス『新訳　ナルニア国物語5　馬とその少年』 河合祥一郎訳　KADOKAWA
　2022
● Ｃ・Ｓ・ルイス『新訳　ナルニア国物語1　ライオンと魔女と洋服だんす』 河合祥一郎訳
　KADOKAWA　2020
● Ｃ・Ｓ・ルイス『新訳　ナルニア国物語6　魔術師のおい』 河合祥一郎訳　KADOKAWA
　2023
● ジャック・ロンドン『白い牙』 深町眞理子訳　光文社　2009
● Ａ・Ａ・ミルン『プー横町にたった家』 石井桃子訳　岩波書店　2000
● Ａ・Ａ・ミルン『クマのプーさん』 石井桃子訳　岩波書店　2000
● ルーシー・モード・モンゴメリー『アンの青春』 村岡花子訳　新潮社　2008
● ルーシー・モード・モンゴメリー『赤毛のアン』 村岡花子訳　新潮社　2008
● メアリー・ノートン『床下の小人たち』 林容吉訳　岩波書店　2000
● Howard Pyle. The Story of King Arthur and His Knight. New York: Barnes & Nobel, 2012
● ウィリアム・シェイクスピア『ロミオとジュリエット』 中野好夫訳　新潮社　1996
● ロバート・Ｌ・スティーヴンソン『宝島』 鈴木恵訳　新潮社　2016
● Ｊ・Ｒ・Ｒ・トールキン『ホビット　ゆきてかえりし物語』 山本史郎訳　原書房　2012
● マーク・トウェイン『トム・ソーヤーの冒険』 柴田元幸訳　新潮社　2012
● アーサー・コナン・ドイル『エメラルドの宝冠』:『シャーロック・ホームズの冒険』に収録
　石田文子訳　KADOKAWA　2010
● エドガー・アラン・ポー『大鴉』:『対訳ポー詩集　アメリカ詩人選（1）』に収録
　加藤祥三編　岩波書店　1997

●著者

アリソン・ウォルシュ
Alison Walsh

料理ブロガー、シェフ、レシピ開発者、ライター。本好きで、本にインスパイアされて考案したレシピを紹介するウェブサイトを2014年に立ち上げる。この「不思議の国のアリソンのレシピ(WonderlandRecipes.com)」は人気サイトとなり、アメリカのTV局ABCの情報番組グッドモーニングアメリカ」のウェブサイトや、ハリー・ポッターのファンサイトMuggleNetで紹介され、レシピブック出版に至った。『世界の名作文学からティーパーティーの料理帳(A Literary Tea Party)』は2019年Goodreads Choice Awardsの料理本部門で4位に入賞。夫とふたりの子どもたちとともにイリノイ州北部に住む。著書にはほかに『世界の名作文学からホリデーのごちそう料理帳』(原書房)がある。

●訳者

白石裕子
しらいし・ゆうこ

『秘密の花園』『小公女』を愛読書として育つ。その後『赤毛のアン』の翻訳で知られる村岡花子氏に憧れて、翻訳の道に。長年ロマンス小説の翻訳を手掛ける。

世界の名作文学から
ティーパーティーの料理帳

2024年1月29日　第1刷

［著者］
アリソン・ウォルシュ

［訳者］
白石裕子

［装幀］
和田悠里

［発行者］
成瀬雅人

［発行所］
株式会社原書房
〒160-0022 東京都新宿区新宿1-25-13
電話・代表　03(3354)0685
http://www.harashobo.co.jp/
振替・00150-6-151594

［印刷・製本］
シナノ印刷株式会社